ハヤカワ文庫JA
〈JA1530〉

はじまりの町がはじまらない

夏海公司

早川書房

8843

目次

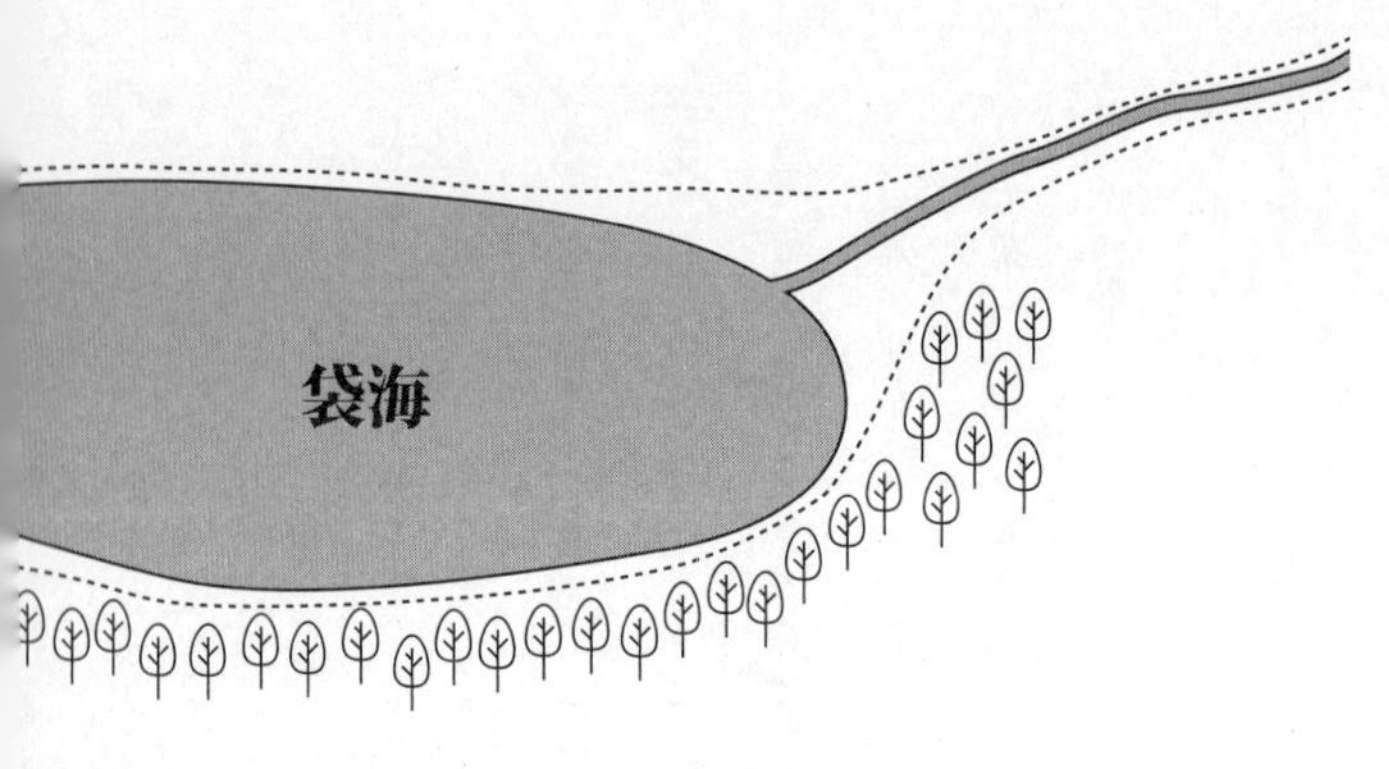
袋海
コブリハ連邦
国境線
街道

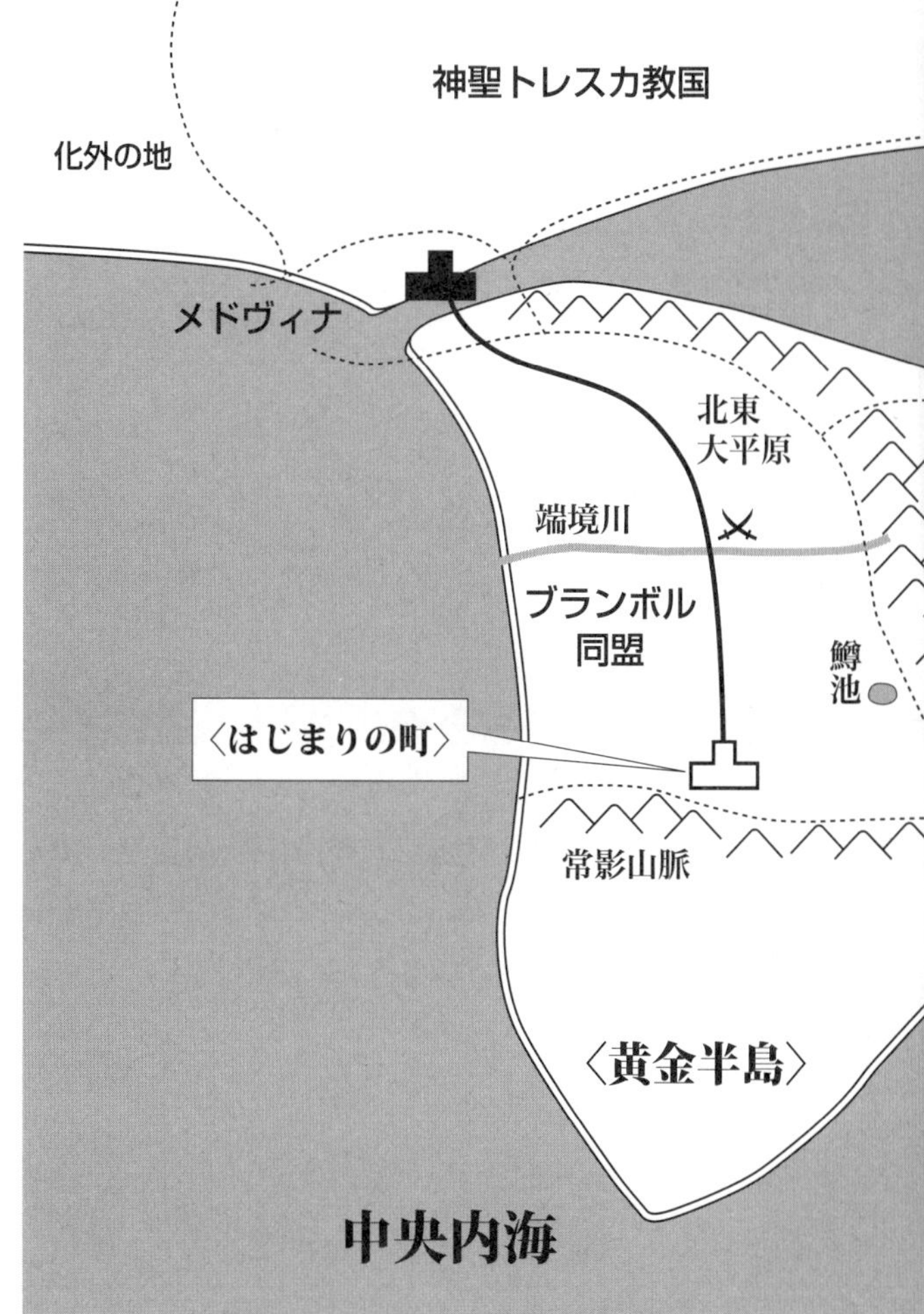
神聖トレスカ教国
化外の地
メドヴィナ
北東
大平原
端境川
ブランボル
同盟
鱒
池
〈はじまりの町〉
常影山脈
〈黄金半島〉
中央内海

はじまりの町がはじまらない

■オンラインRPG アクトロギア
手軽さと深さの融合。誰もが求めていたMMORPGの完成形がここに。

舞台は剣と魔法の正統派ファンタジーワールド！ 馴染み深い世界観に、どこまでも自由なゲームシステム。他の誰でもない、あなただけの物語が始まります。
・初心者からベテラン、ソロからマルチプレイまで、全ての場面でストレスなく楽しめる緻密なバランス設計
・楽しみながら強くなれる、魅力的なクエスト群
・広大なフィールドにちりばめられた無数の謎と冒険。路地を曲がり、扉を開ければ、すぐそこに物語の始まりが
・膨大なアップデートで無限に進化していく世界。十年たっても二十年たっても色あせないプレイ体験をあなたに！

■事務局からのお知らせ
いつも「アクトロギア」をご利用いただき、まことにありがとうございます。ＭＭＯＲＰＧ「アクトロギア」は七月十五日二十四時をもって全てのサービスを終了することになりました。

これまで「アクトロギア」をご愛顧いただきましたお客様には厚く御礼を申し上げますとともに、突然のお知らせとなりましたことを、深くお詫び申し上げます。

終了に関するスケジュールや、ゲーム内通貨の払い戻しについては公式ホームページをご覧ください。

サービス終了までわずかな期間ではございますが、引き続き「アクトロギア」をお楽しみいただけますと幸いです。

幕開き

三月三日午前八時

「〈はじまりの町〉にようこそ。私が町長のオトマルだ」

そう言いながら、オトマルは強い違和感を覚えた。たとえるならば半覚醒の状態で自分の寝言を聞いた気分。口や身体（からだ）が、己の意思とは無関係に動いている感覚。

なぜ。

なぜこんなことを口走っている？

刹那、ビリリと身体に電撃が走る。弛緩しかけた筋肉が緊張して、両手が広がった。

「〈はじまりの町〉にようこそ。私が町長のオトマルだ」

どうやら誰かが目の前にいるらしい。自分はその人物に向かって語りかけている。だが視界はぼんやりとして、相手のディテールは見て取れない。少し背が低いが、子供だろうか？　目を凝らそうとするも身体は相変わらず言うことを聞かない。眼球も目蓋もピクリとも反応しない。

ビリリ。

また電撃が走った。

「〈はじまりの町〉にようこそ。私が町長のオトマルだ」

何かがおかしい。何かが妙だった。だが具体的にどこがとまでは考えられない。身体ほどではないが、脳の動きもまた重りをつけられたようになっている。違和感が正常と異常の差を見極める機能だとすれば、そもそも何が正常かが分からない。軸とするべきものが見えてこない。誰かに語りかけられて応答する。それのどこがおかしい？　至って普通の話だ。普通の話に思えるのだが。

「……」

目の前の人物が何かを喋った。オトマルは反射的に両手を広げる。

「〈はじまりの町〉にようこそ。私が町長のオトマルだ」

ダン！　と物のぶつかる音がした。目の前の人物が床を蹴っていた。心なしか細い肩が怒っている。

「……の一つ覚えも……いい加減に」

今度は聞こえた。切れ切れだが鈴の音を思わせる声。軋(きし)るような吐息は空耳ではないだろう。あふれる苛立(いらだ)ちが思考の靄(もや)を突き破ってくる。その激情をたどるようにして、オトマルは耳をそばだてた。

「その頭は飾りですか？　オトマル様の脳みそがコオロギ並みなのは承知していますが、彼らだって鳴き声くらい変えられますよ」

「〈はじまりの町〉にようこそ。私が町長のオトマルだ」

「そんなに自己主張なさらなくても、あなたが町長なことくらい承知しています。頭に『使えない』、『手間がかかる』がつくだけで」

「〈はじまりの町〉にようこそ。私が町長のオトマルだ」

「ひょっとして、齢(よわい)四十にして早くも呆けられましたか？　朗報ですね。今までも介護職と秘書業務を兼務していたようなものですから、痴呆で町長職を退かれるのなら、負担が半分になります」

好き勝手言ってくれる。何やら怒らせているが、にしても、ここまで悪し様に罵られる謂(い)われはない。こちとら身体の自由はおろか、見当識さえ定かではないのだ。ただ義務的、機械的に応答しているだけで、悪意はもちろん、他意の一欠片だってない。喋っている内容だって——まぁ多分だが、さしさわりのないものではないか。

だが相手はそんな不満を斟酌せずに、悪罵をエスカレートさせていく。オトマルの受け答えへの苦言に留まらず、髪型や表情、服装についても腐し始めた。やれ笑顔が不健康だの、目が死んでるだの、白髪が目立ち始めただの、服のセンスが年寄り臭いだの——どうやらこちらのコンプレックスはあらかた把握済みらしく、的確に心の傷をえぐってくる。

立て続けの罵倒に、さしもの意識の靄も揺らぎ始めた。

「は……」

喉が震えた。呼吸の流れが今更のように意識される。唇が小刻みに戦慄いた。

「〈はじまりの町〉にようこそ。私が町長のオトマルだ」

「そもそもオトマル様の指示はくどいんですよ。余計な前置きばかり挟みますし、何度言っても結論を先に持ってきてくれませんし」

「〈はじまりの町〉にようこそ。私が町長のオトマルだ」

「プライベートの会話もオチがなくて、いつ終わるか苛々しますし」

「〈はじまりの町〉によう——」

「そんなことだからいつまでたっても独り身のままなんですよ」

「ひ、独り身は関係ないだろ！　独り身は！」

靄が晴れた。

身体を縛っていた何かが音を立てて弾け飛ぶ。

五感と意識が連結した。重力が復活する。まばたきを数回、オトマルは喘ぐように息を吐き出した。

「な、なんだ？　一体私は何を」

目の前の相手が眉をもたげた。先ほどまでの怒気がすっと、嘘のように消え失せる。感情のない視線が、無遠慮に探ってきた。

「正気に戻られましたか、オトマル様」

立っていたのは若い女性だった。ゆったりしたシャツに棒タイ、木炭色のベストとキュロットを合わせている。背丈は低く、顔立ちも幼い。黙って立っていれば十代の少女と言っても通るだろう。だが愛らしい顔と裏腹に、目つきはひどく悪い。世界の全てを見下して小馬鹿にするような眼差し。

「パブリナ……か？」

まさしく秘書官のパブリナ・パブルーだった。町役場で町長オトマルの業務を補佐してくれているスタッフ。

彼女は慇懃（いんぎん）に一礼した。

「ご無事で何よりです、オトマル様。心より御身を案じておりました」

「嘘をつけ！　さっきまで言いたい放題言っていただろう！」

「さて、記憶にありませんね。大丈夫ですか？　まだ意識が混乱しているのでは」

「混乱しているのは君の豹変ぶりについてだ！　よくもまぁ、さっきの今でそんな態度が取れるな」

「秘書として上司の息災を喜ぶのは当然のことです」

「……」

口では勝てない。歯がみしつつ、オトマルは視線を逸らした。

すぐそばに年代物の執務机がある。南向きの窓からはさんさんと朝陽が差しこんでいた。板張りの床には臙脂（えんじ）のカーペット、壁には先代町長達の肖像画がかかっている。その下の姿見には、上背こそあるが、痩せぎす・細面の気弱そうな中年男性が映っていた。きっちりと整えられた髪と服装、つるりとした青白い肌は清潔感こそあれど、かえって線の細さを強調する結果に終わっている。前任者と比べて明らかに威厳の不足した容貌は、他でもない部屋の主、オトマル本人のものだ。

更に周囲を見回せば、古びた書棚、ランプ、コートかけが確認できる。いずれも見慣れた配置で、記憶と違えるところはなかった。

役場の執務室だ。

オトマルが一日の大半を過ごすところ。そこで秘書官のパブリナを前にしている。

つまり自分は紛うことなき日常の只中にいたのだ。では、先ほどまでの異常はどういうことか？　見当識を失い、身体の自由をなくして、オウムのように同じ言葉を繰り返していた。

何かの病か？　それとも邪宗の呪(まじな)いでもかけられたのか。思い当たる節は――ない。

（ううむ）

頭の奥に鈍い痛みがある。まだ本調子ではないらしい。記憶を探ろうとすると、チリチリと火花が弾けたような刺激に襲われる。

少し休もう。

喉を潤して、腰を落ち着けて、それからゆっくり事態を考察するとしよう。

「悪いが話はあとだ。飲み物を取ってきたい」

執務机脇の扉を目指す。隣接する私室から、ワインの一本でも持ってこようとしたが、

「あ、だめです」

パブリナの声はオトマルの耳に入り、しばらくたってから意識に届いた。

だめ？

どういうことだ。

意味が分からない。その間にも身体は当初の意思に基づき、扉を開けている。パブリナを顧みつつも、踏み出した足が桟を越えた。

越えてしまった。

——地面が消えた。

靴底の下に青空が広がっている。眼下を白い雲が流れていく。私室の床はおろか、大地の一欠片さえ見えない。

（は？）

呆然としている間に、重力はオトマルを引きこんだ。片足が沈み、次いで身体が横倒しになる。

「うっ……ぉっ！」

ドアノブをつかもうとするも間に合わない。

喉の奥から悲鳴が漏れた。なぜ、なんで、一体どうして。無数の疑問を抱きながらオトマルは足元の虚空へと落ちていった。

第一幕　世界終了まであと百三十四日

はぁ、はぁ……はぁ。

荒い息遣いが響いている。ドッ、ドッと濁流めいた心音が木霊(こだま)している。身体が揺れていた。靴の下には何もない。ただ無限の青空がオトマルを呑みこもうと待ち構えている。

ぶわりと全身の毛穴から冷や汗が噴き出した。胃の腑が縮み上がる。今更ながら支えを求めて、もがきかけて、だがオトマルは静止していることに気づく。……あれ？　あれ、落ちていない。

恐る恐る見上げると、仏頂面のパブリナと目が合った。虚空に開いた扉形の枠、そこから身を乗り出してオトマルの手首をつかんでいる。薄い唇がへの字に結ばれていた。

「オトマル様、またお太りになられましたか？　私の想定より四リブラ（約二キログラム）ほど重いのですが」

「ぱ、パブリナ、よく間に合って」

「お休み前の食事は避けるよう、常々申し上げていますよね？　先日も『分かった、分かった』と仰(おつしや)っていましたが、なぜ、このような目方になっているのでしょう。私は嘘をつかれたということでしょうか」

「……」

思わず目を逸らしてしまう。

「そ、それは今はいいだろう。とりあえず引き上げてくれ」

「どうしましょうかね。元の体重なら辛うじてと思いましたが、この重みだと道連れになりかねません。ましてや嘘をつくような上司をなぜ救わなければならないのか――」

「悪かった！　二度と忠告を無視したりしないから助けてくれ！　頼む！」

溜息が返ってくる。心底気乗り薄な表情でパブリナは力を込めた。ずるり、ずるりと視界が上がっていく。パブリナの顔が力みに赤く染まる。何度かずりおちそうになりながらも、とうとうオトマルの指が扉の桟に触れた。

「すみません、もう限界です」

パブリナの手がほどけるのと、オトマルが桟をつかんだのはほぼ同時だった。指先に全ての力を込めて身体を引き上げる。

助かった。

しばらく大の字に寝そべり、呼吸を整える。固い地面が今ほど恋しく思えたことはなかった。

床の存在を存分に嚙みしめて、人心地がついてからオトマルは口を開いた。

「で、これは一体どういうことだ」

「これとは？」

パブリナは額の汗をぬぐった。

「隣室が底なしの空に化けていたことですか？　オトマル様が馬鹿のように同じ言葉を繰り返していたことですか？　それとも責任者たるべき町長が、この非常時に解説を丸投げしている悲劇についてですか」

「……とりあえず最初の二つについてだ」

「そうですね。いくつかお話しできることはありますが、その前にオトマル様、以前の記憶はどの程度ありますか？」

「記憶」

「今日この時に至る経緯といいますか」

そんなもの当たり前のように思い出せる、と言いかけて口ごもる。

どういうことか、いくら考えても裏づけとなる情景が浮かんでこない。執務室にいる以上、自分は身繕いをして家を出たはずだ。その前は朝餉（あさげ）、使用人への挨拶、洗顔に着替え、起床。何十年も繰り返してきたルーチンは、だが一つとして鮮明なイメージを伴っていない。よくて数日前のことのように薄ぼんやりとしている。

（うぅ……む？）

もちろん自分が何者かは分かっている。

ブランボル同盟、〈はじまりの町〉の町長。メイズリーク家の家長。先代町長だった父が身罷ってから、もう二十年この立場についている。一応民主的に選ばれてはいるが、実質、世襲で面倒事を引き継いでいるようなものだ。権力欲、出世欲の類いは欠片も持っていない。譲れるものならいつでも町長の席を譲りたいと思っている。疲れ果てた中年男性、それがオトマルという人間の自己認識だ。

〈はじまりの町〉という、奇妙な名の故郷についても記憶は鮮明だった。

同盟を訪れる冒険者達、彼らが最初に足を踏み入れて、準備を整えるのがこの町だ。経験乏しい彼らのために、町には初級者向けの装備品・クエストが用意されている。要するに、冒険の〝はじまり〟を支援するから〈はじまりの町〉、そういう安直な命名だ。

他国にも同様の町はあるらしいが、ここまで直接的な名前ではないと聞く。一体なぜと父親に訊いたことがあるが、返ってきた答えは『そんなところを飾っても仕方ないだろう』というものだった。徹頭徹尾実務的、悪く言えば面白みがない。そんな無味乾燥な故郷のあれこれをオトマルは余すことなく記憶している。

だが、なぜだろう。今日この日に至る経緯だけはすっぽりと抜け落ちているのだ。たとえるならばそう、一階から二階に至る階段の上半分が消えている感じ。どうやって二階に上ったのか、途中の段差を乗り越えたのか見当もつかない。

混乱を見て取ったのだろう、パブリナは深々とうなずいてみせた。

「なるほど。やはりよく覚えていらっしゃらないのですね、オトマル様も、」

「も？」

上体を起こす。しかつめ顔のパブリナをまじまじと見つめた。

「まさか、君も変になっていたのか？」

「いいえ」とかぶりを振られた。

「残念ながら、おかしくなっていたのは私だけではありません」

「というと役場の人間もか？　職員や衛士(えいし)まで変になっているのか、それは大変だ。一大事じゃないか」

「いえ、いいえ。違います。役場の人間だけではありません」

「ではなんだ。具体的に誰と誰がおかしくなっているんだ。説明してくれ」

「この町全員です」

……。

「なんだって？」

固まるオトマルに、パブリナは重ねて事態の異常さを突きつけてきた。

「だから〈はじまりの町〉の人々、全てがオトマル様のようになっていたんですよ。同じ台詞を延々と繰り返して、我に返っても直近の記憶をなくしていました」

「そんな馬鹿な」

「疑うのなら外に出て、御自身の目で確認なさってください。多分まだおかしくなっている者がいるはずです。役場の職員も半数以上は安否不明ですから」

「……」

二の句が継げない。沈黙するオトマルを前に、パブリナは説明を続けた。

「私が我に返ったのは二時間ほど前です。自宅から町役場に向かう途中でした。直前の記憶はありません。ただ意識と身体が切り離されたような、妙な感覚だったことを覚えています。混乱しながら見回すと、同様に夢から覚めたような表情をしている者と、無意味に同じ言動を繰り返している者がいました。そしてそのうちの何人かは、私の見ている前で地面に消えていきました」

「消えた？」

不可解な単語は、だがすぐに直前の記憶と結びつく。オトマルは隣室に続く扉を顧みた。

「この底なし穴か！」

「はい」とパブリナはうなずいた。

「確認しただけで市中に十四箇所、市外に七箇所。多分ですが、その三倍はあると思われます。早くに手を打たないと被害が増える一方です。とはいえ人の動員にせよ、何かの布告にせよ、町としての判断が不可欠です。急ぎ当座の方針を仰ごうとオトマル様のもとに駆けつけたのですが」

顔を合わせるなり、馬鹿のように『ようこそ』、『ようこそ』と繰り返されたわけか。それはまぁ腹も立つだろう。だからといって、あれだけの悪罵を浴びせかける理由にはならないが。

咳払いして顎を揉む。オトマルは立ち上がりながら服の埃を払った。

「状況はおおよそ理解した。理解したが、原因は分かっているのか？　対策を打つにしてもそのあたりの把握は必要だと思うが。魔法由来のトラブルなら魔術師教会、土木関連なら職工ギルド、奇跡の話なら教会に相談しないと」

「残念ながら」

パブリナは目を伏せた。

「現状でご報告できる内容はありません。ただ分からない状態でも打てる手はあります。まずは底なし穴の封鎖、物理的な封鎖が難しい場合は、立て札などで注意喚起します。あわせて正気に戻った市民とそうでない市民の区別。後者は不測の事態を避けるために、一時的にではありますが拘束します。前者には事態をありのままに説明して、協力を仰いではいかがでしょう？」

確かに。

原因究明にかまけて被害を増やしても仕方がない。今は為政者としてできることをやるべきだろう。

深々とうなずき、では具体的な作業分担をと相談しかけた時だった。

乱暴な音とともに扉が開いた。隣室に続く扉ではない、廊下へと続く正面口だ。

現れた人物にオトマルは目を丸くする。パブリナでさえ、一時的に固まってしまっていた。

プレートアーマーの戦士だった。屋内だというのにフルフェイスの兜(かぶと)をかぶっている。わずかに開いたスリットから目鼻は見えない。背負った大剣がガチャ、ガチャと音を立てていた。

「な、なんだ君は」

来客はパブリナや受付係の取り次ぎを受けて、案内されるはずだ。事前の約束もなしに押し入ってくるはずがない。ましてや目の前の人物は、町の要人を前に兜さえ脱いでいない。暴漢と思ったのは自然の流れだった。

とっさにパブリナをかばおうと前に出ていた。戦士が向かってくる。誰何(すいか)に答える気はないらしい。プレートを軋ませながら、まっすぐに距離を詰めてくる。

「オトマル様！」

「さ、下がっていろ、パブリナ。いや、違う。助けを呼んできてくれ。私がこいつを食い止めているうちに、早く、急いで」

早口に懇願した瞬間、影が落ちてきた。すぐ前に鉄の塊がいる。長軀を誇示しながらオトマルを見下ろしている。

もう逃げられない。続く行動は打撃か斬撃か。暗澹（あんたん）たる未来図に縮み上がった時だった。

ビリリと電撃のような刺激に貫かれた。

……。

「〈はじまりの町〉にようこそ。私が町長のオトマルだ」

両手を広げながら挨拶していた。口元に笑みが浮かんでいる。内心の混乱をよそに身体は歓迎の意を露わにした。

ビリリ。

「〈はじまりの町〉にようこそ。私が町長のオトマルだ」

ビリリ。

「〈はじまりの町〉にようこそ。私が町長のオトマルだ」

ビリリ。

　戦士が動いた。興味を失ったようにオトマルから離れて、壁に向かって行く。そのまま先代町長の肖像画や観葉植物を無造作に検（あらた）め始めた。

「な、何をしているんだ？」

　呆然としているうちに、傍らの空気が動いた。長い髪が視界を過る。パブリナが戦士に向かっていた。

「お、おい、危ないぞ」

　パブリナは答えず戦士のすぐ後ろに迫った。そのままつま先立ちで伸び上がると、大きく息を吸いこみ、

わっ！


　耳を聾（ろう）する大音声（だいおんじょう）は、だが毛ほどの動揺も戦士にもたらさなかった。肝を潰すオトマルをよそに鉄の塊がゆっくりと振り返る。そのまま部屋を出て行ってしまった。

「ぱ、パブリナ、今のは一体」

「話はあとです。とりあえず追いかけましょう。少し気になることがあります」

　わけが分からない。分からないが、この場に一人残されるのも心細かった。

萎えた気力を奮い起こして彼女に続く。

戦士はもう向かいの部屋に入っていくところだった。先ほどと同様に壁や什器(じゅうき)を検めている。ぐるりと室内を物色して廊下に、また隣の部屋に入っていく。そしてまた別の部屋、別の階に。

傍若無人もいいところだが、オトマルは妙な違和感を覚えていた。そう、仮にあの戦士が無法の限りを尽くす気なら、自分達を縛り上げて、金を持ってこさせればよいのだ。一人で黙々と家捜しをする理由はない。

ひょっとして目や耳が不自由なのだろうか？　こちらの姿が認識できていない？

だとすれば、パブリナの声に反応しなかったことも説明できるが。

ただパブリナは別のことが気になっているようだった。しばらくあとをつけてから、ぽつりとつぶやく。

「オトマル様、気がつきましたか」

「な、何がだ？」

「あの人物、方々漁っているように見えて、少しでも障害物があると進もうとしないんです。たとえば受付のカウンター、あんなものいくらでも乗り越えられるでしょう。なのに大人しく回れ右している」

「鎧が重いんじゃないのか、単純に」

「だったら仕切り板を蹴破ってもいいでしょう。それに見てください。ほら、普通あんなものくらい脇にどかしませんか」

見れば戦士はついたての前で立ち往生している。くるくると回れ右して、明後日の方向に向かって行ってしまった。

オトマルはしかつめ顔でうなずいた。

「ふむ、なるほどな」

「何か分かりましたか」

「ああ、先ほどからどうも変だと思っていたんだ。あの戦士、我々の呼びかけにも反応しないし、屋内の設備を必要以上に動かそうともしない、せいぜい触れられる範囲の什器や装飾品を検めるくらいだ。これはつまり」

「つまり？」

「あの戦士は小心者なんだよ！　あとで告発された時に、罪が軽くなるようにしている。傷害や強盗ではなく、ただの窃盗ですむように振る舞っているんだ！」

パブリナはがくりと肩を落とした。嘆息して、路傍のネズミの死骸を見るような目になる。

「大変失礼ながら、その頭に詰まっているのはガラクタの類いですか？」

「がっ！」

「いいですか。彼が執務室に入ってきた時のことを思い出してください。先代町長のどうでもよい肖像画や観葉植物まで確認していた割には、触れもしなかった場所があったでしょう？　普通の物盗りなら絶対に見逃さないものです」

「ん？　んん……」

「オトマル様が正気に戻ってすぐ向かったところですよ」

「……ああ！」

隣室への扉。虚空に続く入り口のことか。確かに、金目のものを探しているのなら開けてしかるべきだろう。中をのぞくだけなら大して時間もかかるまい。

オトマルは混乱した。

「つ、つまりどういうことだ？　あの戦士は底なし穴の存在を知っていたとか？　だからあえて危険を避けて家捜しを続けているとか」

「違います、多分逆です」

「逆？」

「カウンターの奥、ついたての向こう、オトマル様の部屋で言うなら執務机の奥、それらはあの戦士にとって入れない場所なんです。入る必要がないから作りこまれていない。がらんどうで十分、ということです」

「……」

よく分からない。パブリナはわずかに考えて口調を切り替えた。

「オトマル様は確か演劇がお好きでしたよね？　若い時分からかなり打ちこんでいたと記憶していますが」

「ん？　ああ、まぁな。見るのも好きだし、やるのはもっと好きだぞ。不幸にも父の理解を得られず、その道には進めなかったが。私の夢はこの町の目抜き通りに劇場を作ることで――」

「そんな絵空事はどうでもいいです。うかがいたいのは、演劇の場合、舞台装置はどの程度作りこむのかということです。たとえば森のセットを作るとして、木々や下生えは本物を持ちこみますか？」

「まさか、そんな手間のかかることはやっていられない。せいぜい板や布に風景を描いて、舞台上で組み立てるくらいだろう」

「ですよね。で、その絵は板や布の裏にも描かれますか？　あるいは森の奥の、観客席からは見えない草木の絵も用意しますか」

「それは――」

ようやく何が言いたいのか分かる。「ちょっと待て」とかすれ声を漏らした。

「君は、ひょっとしてこの町役場が舞台装置だと言っているのか？　私の私室などもともとないと」

「はい。まぁ役場云々というより町全体の話ですが」

「馬鹿な！　だったら私の記憶はどうなるんだ！　今まで何度、あの部屋に入ったと思っている⁉　君だって一度ならず訪れたことはあるだろう！　私の貴重な休憩時間を奪うために！」

「確かに」とパブリナは場違いな抗議を受け流した。

「記憶との齟齬は少なからずあります。ですがここが舞台だと考えると、諸々しっくり来るんです。先ほどオトマル様はまたおかしくなられましたよね？　意に反した言動を何度もさせられたはずです。あれはなぜか。仮にですが、舞台上必要な行動だったとしたらいかがでしょう？　オトマル様という役者は、あのシーンで来訪者と向き合ったら、そう振る舞うように設定されていたとしたら」

だから挨拶した。

見知らぬ狼藉者を歓迎した。

（……）

理路整然とした説明は、だが心を掻き乱す。何かがおかしい、何かが間違っている。ただその原因を自分自身に求めるのは酷だった。彼女の言を受け容れるなら、自分は未だ正気を取り戻していないことになる。誤った記憶を持ち続けて、異常な行動を取り続けていることになる。だったら一体どこを、何を目指して立ち返ればよいのか。

考えた後に、眉を開く。

「いや、いやおかしいぞ。君の理論にはやっぱり穴がある」

「と申しますと？」

「ここが舞台だとする。ならば我々同様、あの戦士も役者だろう。だが彼は底なし穴に入れず、我々は入れた。この差はなんだ？」

「……」

「あと観客はどこにいる？　舞台の家なら断面をさらして外から見られるようになっているはずだ。今この屋敷は壁と天井で覆われているじゃないか」

「観客は……あの戦士ではないでしょうか」

「何？」

パブリナの目は秘境の湖沼のように静かな光をたたえていた。長い睫毛（まつげ）が瞳に濃い影を落としている。

「観客だからこそ、何も喋らない。舞台を見て回るだけなんです。我々も準備された演技でしか接することはできない。そこを外れると、すなわち劇の登場人物ではなくなってしまうから――」

「想像ばかりだな」

肩をすくめる。

どうにも結論ありきで、説明をこじつけた感がぬぐえない。

だいいち、彼女の仮説を成り立たせるには『観客が舞台に上がる演劇』を想定しなければならなかった。オトマルの三十年近い演劇遍歴を振り返っても、そんな奇天烈(きてれつ)なものは存在しない。

オトマルは鼻孔を広げて深呼吸した。

「いずれにしても、我々は我々の常識に従い動くべきだ。不審者は衛士に命じて拘束、我々は異常事態の対処に戻る。原因究明より被害の低減が先と言ったのは他でもない、君だろう」

「はい……ですが」

「ですが？」

パブリナの首が傾(かし)ぐ。

「相手の正体が分からない状態で、粗略に扱ってもよいものでしょうか」

「なんだ、まだ観客云々の話にこだわっているのか。確かに彼が本当の客なら、まずいだろう。だが、はっきり言わせてもらうぞ。普通の客は鎧兜をつけて劇を見に来たりしない！」

　話は終わりだとばかりに歩き出す。パブリナの仮説を振り払う。自分が役者でこの町が舞台だと？　与太話もいいところだ。あの戦士だって鎧を剝き投獄を仄めかせば、夢から覚めたように喋り出すことだろう。

　衛士の姿を探す。どこかにいればよし、そうでなければ詰め所を訪れて職務を果たすよう告げるつもりだった。

　町の最重要施設だ。常時、十人以上は兵が待機している。何人かでも正気を取り戻していれば、不審者一人にくらい対処できるだろう。そう思ったのだが、
　徐々に歩みが鈍くなる。

　表情が険しくなる。

　衛士の姿が見えない。それはまだいい。外の異常に対処しているかもしれないからだ。

　問題は詰め所が見当たらないことだった。全ての階をくまなく探してもたどりつけない。どころか、壁の案内図にも痕跡がなかった。

そうこうしている間に戦士は堂々と、正面玄関から出て行ってしまう。蝶番の軋みに、ガタンと重々しい音が重なった。

「オトマル様」

立ち尽くす背にパブリナの声がかけられる。彼女は静かに横に並び、見上げてきた。

「あまり詳しくないので教えてください。劇で〈町役場〉を出す場合、それと分からせるには、最低限どんな書き割りを準備すればよいでしょう？　その中に〝衛士の詰め所〟は含まれますか？」

結局、正気に戻った職員を確保しつつ、二つの指示を出すことになった。

一つは当初の予定通り、市民の安全確保。底なし穴を塞ぎつつ彼らを避難誘導する。

もう一つは現状調査。記憶にある〈はじまりの町〉と現実に、どれだけ差があるか確認するというものだった。

正直後者については、オトマルはうやむやになることを望んでいた。辺境の町とはいえ、居住区・商業区を含めた市街は広い。調査の手は限られているし、問答無用で私有地に立ち入るわけにもいかない。満足に調べられない、よって目に見える差違はなし、などという報告を期待していた。

甘かった。

調査に投入された役場の職員は四名。

その全員がすぐに異常を報告してきた。

曰く厩がない。郵便施設がない。肉屋やチーズ屋など食料品の店が見当たらない。公証人がいない。町の外の墓地が消えている。公衆浴場が宝箱置き場に化けている。

何より決定的だったのは住戸の数だった。記憶に基づけば町の人口は約千五百、だが見つかった家屋はわずかに三十戸だった、一世帯四人と考えても、百数十人しか収容できない。しかも家屋のいくつかは例の底なし穴に繋がっているとのことだった。

途方に暮れかけたオトマルを、更なる凶報が見舞う。

正気に戻った市民が騒ぎ出したのだ。一体何が起きたのか、俺の家はどこだ、仕事場にたどりつけない、女房が同じことしか言わなくなった——

不安と恐怖は生け贄を求める。吊るし上げられた職員達が、町長からの説明を空約束するのに長くはかからなかった。道々から集まった市民が役場を囲み、門を塞ぐに至って、オトマルは当初計画の続行を諦めた。

「皆さん、落ち着いてください。大丈夫、何一つ問題ありませんから」

自分でもまったく信じていない台詞を口にしながら、オトマルは演台についた。

役場一階の集会場だ。押しかけた市民の熱で、室内はサウナのように蒸している。後ろに付き従うのはただ一人、パブリナだけだ。他の職員は恐れをなして退避してしまったらしい。室内には、ひたすらに非友好的な眼差しだけが並んでいる。

オトマルは首筋の汗をぬぐい、引きつり笑いを浮かべた。つとめて鷹揚に場を見回してみせる。

「ご心配なく。既に手は打っています。一両日中にはまとまった内容をご報告できると思います。だから皆さん、今日のところは――」

「小麦がなくてパンが焼けないんだ」

ひげ面の職人が野太い声で遮ってくる。

「倉庫が見当たらないし、自家用に取り置いていた分までごっそり消えている。パン種の仕入れも滞っているし、一体どうしたらいいんだ？」

腕組みをしたまま唇をへの字に結んだ。

「うちもだ。どういうわけか武器や防具以外の品が全部なくなっている。鍋や釜、蹄鉄などの注文があったはずなのに」

「こっちは荷馬車だ。厩(うまや)ごと綺麗さっぱり消え失せやがった。町長、あんた犯人を知っているのか。知っているならなんとかしてくれ」

続けて嫁が、家が、風呂が、と驟雨(しゅうう)のように訴えが押し寄せてくる。オトマルは両手を上げた。

「待ってください。待ってください。えーと、おそらくですね。これは、盗っ人がどうこうという話ではないんです。我々の記憶……というか認識に関わる話で。だから、さしあたっては情報の整理を優先するべきで」

「何をわけの分からんことを言っとるんだ、君は！」

一際大きな声に首をすぼめる。聴衆が割れて、奥から小太りな男性が現れた。装飾の施されたガウンに羽根飾りの帽子、指を彩る大振りの宝石。優美かつ豪奢な装いは、だが無骨な顔立ちに裏切られている。ぎょろりとした目、太い眉。めくれ上がった唇がどこか猪を思わせる。商会長だ。

オトマルは内心で空を仰いだ。

他の町との交易を一手に取り仕切る商会のトップ。動かす資金は町の予算をしのぎ、勢い発言力もそれに応じたものとなる。今年で六十になるはずだが、心身の衰えは欠片も見えない。彼にしてみれば町長職など小間使いに毛が生えた程度なのだろう。部下を叱りつけるように畳みかけてくる。

「今がどういう状況か理解しとるのか！　こんなところで無駄話をしている余裕は微塵もないんだぞ。式典の準備がどれだけ差し迫ってると思っとる！」

「式典？」

「新交易路の開通式だ！」

一瞬思考を止めかけて、一つの記憶に思い至る。

交易路、開通、式典……ああ。

（〈黄金半島〉への山越えルートか）

確かに、町長として絶対に忘れてはいけない事案だった。

〈はじまりの町〉の南には内海に延びる半島がある。俗に〈黄金半島〉の通称で語られるその地域は、名前の通り豊かな鉱物資源で知られていた。金銀はもちろん、優良な武器・防具を作るための鉄鉱石、銅、錫に至るまで、およそ取れないものはないとまで言われている。各種職人を客に持つ商人には楽園のような場所だ。

ただ、半島の北側は常影山脈という大陸有数の難所に塞がれ、交易は長らく海路に頼っていた。つまり金のなる木を間近に望みながら、〈はじまりの町〉は他の港町に売り上げのほとんどを奪われていたわけだ。

これではいかんと一念発起したのが、目の前の商会長だ。彼は近隣の町や半島の国々に呼びかけて、陸路の確立を持ちかけた。開通後の利権を慎重に分配して、反対勢力は脅迫、あるいは懐柔して、巨額の工事資金を掻き集めた。

苦節十数年、多くの犠牲と軋轢を生みながらも交易路は無事できあがろうとしている。その開通式典が近々〈はじまりの町〉で執り行われるのだ。半島からやってくる隊商の第一便を迎え入れて、新時代の幕開けを宣言する。商会長としても正念場なのだろう。ただでさえぎょろついた目がより一層ひん剝かれている。

「いいか、喧嘩も商売も一番大切なのは第一印象だ。初っ端にガツンとかませば、大抵の相手は大人しくなる。なのにこの体たらくはどうだ！　半島の連中に見られたら大笑いされるぞ。ここの町は盗っ人一人まともにつかまえられんのかとな！」

「はぁ」

「はぁではない！　町長、君がやるべきことは可及的速やかに犯人をつかまえて、混乱を収めることだ。どこまで捜査が進んでいるのか、とっとと説明したまえ！」

そう言われてもな。

困り果ててこめかみを掻く。

「……先ほども申し上げたように、我々はこの件を単純な物盗りの仕業とは考えていません。犯人がいるとしても、我々ではうかがい知れないような魔術――奇跡の遣い手という感じで。ですからまずは一体何が起きているのかを正確に把握しないと」

「いいだろう。では何が起きているのかを、分かっている範囲で説明したまえ」

「それはですね、なかなか一言では言い表しづらくて」

「二言でも三言でもいいぞ」

周囲の視線が厳しくなる。無言の圧力が強まる。首筋にじわりと冷や汗がにじんだ。そろそろ調査中という言葉では逃げられなくなっている。かといって本当のことを話しても混乱させるだけだろう。自分だってまだ頭の整理がついていないのだ。集団で気が立っている市民に〝舞台〟云々の話をしたらどうなるか、とても冷静に受け容れられそうにない。ひょっとしたら暴動じみた騒ぎになるかもしれなくて――

「では二言で申し上げます。皆様は商人・職人の〝振り〟をしているだけで、実際にそれで生計を立てているわけではありません。ですから小麦がなかろうと鍋や釜の在庫がなかろうと、問題なく日常生活を送っていけます。どうぞご安心ください」

突如上がった声は自分のものではなかった。硬質な清水を思わせるソプラノ、抜き身のナイフを思わせる語り口。ぎょっとなって振り向く。小柄な秘書が冷ややかに市民達を見ていた。

「ぱ、パブリナ！」

「なんですか」

「き、君、そんな話をいきなりしなくても」

横目でうるさげに睨(にら)まれた。

「ではいつ話せば大丈夫なんですか。どのみち説明が必要なら、とっとと終わらせてしまった方がスムーズです。だいいち時間がないのは私達も同じです。調査の手はどれだけあっても足りないんですから、こんなところで押し問答をしていられません」

「し、しかし」

「しかしもかかしもありません。向こうが二言で話せと言ったからこっちも二言で返したんです。褒められこそすれ、責められる筋合いはありませんよ」

正論だ。正論だが、誰もがそれを受け容れられるとは限らない。恐る恐る聴衆をうかがうと、彼らはぽかんと口を開けていた。そもそもの話、よく理解できていない様子だ。商会長もしかつめ顔で静止している。

「あのぉ、ちょっといいべか」

水車小屋の徒弟がおずおずと手を上げる。純朴そうな顔に疑問符が張りついていた。

「オラが馬鹿だから分からんかったのかもしれんけど、その……〝振り〟ってのはどういうことだべ？　オラ達が小麦を挽(ひ)かんでもなんとかなるっちゅーんは」

「言葉通りです」

パブリナは断ち切るように答えた。

「直接的な表現が難解なら、少したとえ話をしましょう。皆さんは〈幽霊屋敷〉という出し物をご存じですか？　祭りの場で大道芸人が提供する」

「ああ」

もちろん皆、知っている。テントの中に古びた屋敷を再現して、客を招き入れるものだ。室内は、おどろおどろしい血糊（ちのり）や動物の骨などで彩られて訪問者の恐怖を煽（あお）る。そして音や光でさんざん脅かした末に、亡霊役の芸人が現れるのだ。怖い物見たさの子供にはもちろん、ハプニングを求める恋人達にも人気の催し物だった。

「あれが何か？」

「今我々を取り巻く状況は〈幽霊屋敷〉に近いです。すなわち我々は〈幽霊〉や〈呪術師〉の役を与えられた芸人。町はテントの中の舞台装置。そう考えれば、建物や人の不足も説明できます。〈幽霊屋敷〉の内装は、あくまでそこを屋敷のように見せるため、完全に再現する必要はないですから」

――我々は〈はじまりの町〉という出し物を行う役者なんです。

パブリナの言葉は、今度ははっきりと届いたようだった。

誰もが静止している。理解が追いついていない者も、さすがに事態の異常さを察したらしい。顔を強（こわ）ばらせて、視線を交わしている。

一方でオトマルは感心していた。なるほど、今のたとえは分かりやすい。演劇の比喩と違い、なぜ客が舞台を歩き回っているのかを説明できる。本当はここに来る前にいくつか傍証を用意していたのだが、それらを説明するよりずっと理解を得やすい。さすが我が秘書、終始上司の無能を詰(なじ)っているだけはある！

謎の優越感とともに、うなずきかけた時だった。

「ちょっと待て、そのたとえだと客は誰になるんだ」

鍛冶ギルドの職人頭が呻(うめ)いた。瞳に混乱の色がある。

「俺達は〝誰〟のためにこの町に集まっているんだ？」

「冒険者でしょう。〈はじまりの町〉は彼らの旅立ちを支援する場所なんですから」

「我々は冒険者をもてなす役者だと？　鍛冶師や商人の格好をしているだけで、実は何もそれに近い仕事をしていないと？」

「ええ。だから冒険者向けの装備しか在庫がないんですよ。定住しない彼らに、鍋や釜は不要ですから」

理路整然とした説明が反論を封じる。それを追い風にパブリナが言葉を続けかけた時だった。

「馬鹿馬鹿しい！」

怒声が会話を遮った。商会長が床を蹴っている。双眸(そうぼう)が火でも噴きそうなくらいにぎらついていた。

「黙って聞いていれば何が役者、舞台装置だ。そんな戯言(たわごと)を聞くために集まったわけじゃないぞ。町長、一体君はどんな教育をしとるんだ。こんな寝言を秘書に語らせて！」

「いや、必ずしも寝言というわけでは」

「寝言じゃなければなんだ！　素面(しらふ)で喧嘩を売っとるのか！」

「いえいえいえ」

懸命になだめようとするが収まらない。ややあって、商会長は配下の商会員と聴衆を見回した。

「もういい！　貴様らには任せておけん。儂(わし)が指示を出す。とりあえず町役場の連中を縛り上げろ！　わけの分からん話ばかりしおって、犯人をかばっておるのかもしれん！」

なんだと。

オトマルは慌てて手を振った。

「ちょ、ちょっと商会長。落ち着いてください」

「どうした！　こんな荒唐無稽な話を信じるのか。そこの女は我々の頭がおかしいと言っとるんだぞ！　我々の財産がなくなったのは気のせいだ、忘れろと！　そんな話が受け容れられるのか！」

ざわめきが強くなる。交わされる視線が増える。場の雰囲気が見る間に商会長の意見に染まっていった。「確かに」とつぶやく声。「商会長の言う通りだ」、「まともな話じゃない」、「わざわざおかしなことを言って、煙に巻いているのかも」――

「というか、そこの秘書が犯人なんじゃないか？」

っ！

投じられた問いは、不満の矛先を明確にした。敵意に満ちた視線がパブリナを包みこむ。

彼女は気圧されたように後じさった。それを後ろめたさの表れと取ったのか、聴衆の何人かが進み出る。

後退。前進。後退。前進。後退。

もう何秒か同じ状態が続けば、事態は破局を迎えていたかもしれない。だが救いの手は思わぬところからもたらされた。

りぃいいいいいん。

どぉおおおおおん。

りぃいいいいいいん。

鐘の音が降ってきた。

空気を揺るがして、長く、太く、強く響いてくる。人々がぎょっとなったのは、近辺に鐘塔などなかったからだ。なのに、音はまるですぐそばで生じたかのように聞こえてくる。耳慣れないリズムだった。時報ではない、婚礼や葬送の鐘でもない、奇妙な拍子。

度肝を抜かれる人々の耳に、更なる音が届く。

事務局からのお知らせ

人の声だった。柔らかな女性のものだ。怒声でも叫び声でもない。だがそれは会場全てを満たすほど大きく、均等に響いてきた。

皆、呆然と天井を見上げている。正直、オトマルも混乱しすぎて、続く言葉を正確に聞き取れたとは言えない。ただ、あとから皆の記憶と突き合わせると、概ね以下の内容が語られていたようだった。

■事務局からのお知らせ

いつも「アクトロギア」をご利用いただき、まことにありがとうございます。ＭＭＯＲＰＧ「アクトロギア」は七月十五日二十四時をもって全てのサービスを終了します。

これに伴い、配信の予定されていた新エリア〈黄金半島〉は勝手ながらリリースを中止させていただきます。またゲーム内通貨（有償発行分）の販売は六月十五日をもって終了

いたします。詳細は公式サイトをご覧ください。

声は始まった時と同じように、唐突に止んだ。

しばらくの間、誰も何も喋らなかった。聞こえてきた内容が意味するものを、正確につかみかねていたのだろう。だが一人、商会長だけが青い顔で立ち上がる。「おい待て」と天井に呼びかけた。

「今なんと言った？　『〈黄金半島〉』が『中止』とはどういうことだ」

返事はない。沈黙が壁のように立ちはだかっている。

商会長の表情が歪んだ。「おい！」と乱暴に配下の商会員を呼びつける。

「誰でもいい！　街道の入り口を見てこい！　常影山脈の麓だ。馬を使っても構わん！　あっちでも妙なことが起きとらんか確認しろ！」

激しい剣幕に商会員の一人が飛び出していく。窓の外で馬のいななきが響いた。

結果は二十分もたたないうちにもたらされた。全身汗まみれの商会員は息も絶え絶えに報告した。

「か、街道がありません。消えています！　入り口だけでなく、その奥の道も宿場も道標も、影も形も見当たりません！」

馬鹿な、と喘ぐ商会員達の後ろで重い音が響く。商会長が倒れていた。口から泡を吹いて失神している。

「しょ、商会長⁉」

医者を呼ぶ声が響く。どたどたと足音が木霊する。阿鼻叫喚の集会場で、パブリナは冷静にうなずいてみせた。

「やはり、私の仮説に誤りはないようですね。町の件は百歩譲って物盗りの仕業だとしても、さすがに街道一つまでは盗めないでしょうから」

「き、君なぁ」

オトマルは喉の奥から唸るような声を上げた。

いくらなんでも、こんな状況で言う台詞ではない。先ほどまで角突き合わせていた相手とはいえ、十数年分の労力が無に帰して卒倒しているのだ。多少は気遣うべきだろうとたしなめたくなったが、

「あ、あの！　ちょっといいべか！」

水車小屋の徒弟が手を振っていた。意外とよく通る声に喧噪が止む。

今度はなんだ。内心でうんざりしつつもオトマルは「どうぞ」と促した。徒弟はほっとした顔で演台に向き直ってきた。

「あの、さっきの〝声〟で言ってた『サービス終了』って、あれどういう意味だべか？　アクトロギア……がなんだかよく分からんけど、それが終わっちまうと町や街道以外のもんもなくなったりすんだべか？」

「それは」

口ごもる。

考えてしかるべきだった。この異常がどこまで広がっているのか、何を侵食しているのか。事態が市中に留まらないのは街道の一件でも明らかだ。では近隣の町々が対象なのか、あるいはより広い範囲が対象なのかというと。

「アクトロギアは古代語で〝神の偉業〟を意味します。転じて我々が生きるこの世界、全てのことです」

静かな声はパブリナのものだった。周囲の視線を集めつつ続ける。

「単純に考えるならば、〈幽霊屋敷〉はこの町ではなく、この世界全てだったということでしょう。七月十五日をもって、〝世界〟という出し物が店じまいする。全て撤去されるということかと」

淡々とした説明は恐ろしく不穏な内容を含んでいた。鍛冶師が震え声で問いかける。

「そ、それでどうなるんだ？　世界が店じまいしたら、我々は」

「ま、町や街道が張りぼてだったとしても、さすがに空や大地はなくせないだろう。七月十五日の二十四時に一体何が起きるっていうんだ」

「分かりません」

「祭りの出し物ならそれが終わっても、参加者には帰るところがあるぞ。我々はどこか行くところがあるのか？」

「分かりません」

あけすけな回答が、事態の深刻さを印象づける。徐々に質問が減り、活力が失われて、集会場は静まり返っていった。

オトマルは無言でパブリナの言葉を反芻（はんすう）した。

七月十五日に世界が終わる。今が三月三日だからおよそ四ヶ月後の話だ。なぜこのタイミングでそれが知らされたのか？　知らせた〝声〟と終末をもたらす者は同じなのか？そういえば〝事務局〟なる不可解な単語があったが、あれは創造主か何かのことだろうか——

分からない。理解できないことだらけだ。だがさしあたり今一番知りたいのは、

「どうしてこの世界は終わらなくっちゃいけないんだ」

「分かりません」

仮に自分達が舞台役者なら、急な公演中止にもの申す権利くらいあるだろう。そう思ってつぶやいてしまったのだが、

「ああ、それならなんとなく想像がつきます」

パブリナの言葉に目をしばたたく。「え？」まじまじと見つめると、小柄な秘書は無表情に首を傾けてきた。

「わ、分かるのか？」

「はい」

「なんで——」

彼女はおもむろに窓辺に歩いていった。くるりとオトマルに向き直ると、外の長閑（のどか）な風景を指し示す。

「だってこの町、〝客〟である冒険者がほとんどいないじゃないですか」

＊

確かに、妙な感じはしていたのだ。

〈はじまりの町〉は冒険者が最初に訪れる町。一攫千金を狙う者で店は賑わい、街路には

昼夜を問わず長靴の音が響き続けているはずだった。

なのにどうだろう。目抜き通りに人気はなく、酒場には閑古鳥が鳴いている。たまに冒険者らしき者がいても、長居することなく、市外に走り去っていった。

執務室で出くわした戦士を思い出す。彼もまた冒険の準備をしているようには見えなかった。なんだろう。やることがないから、暇潰しに空き巣でも働いている感じで——

やることがない？

馬鹿な。町の外には魔物が行き交い、彼らを狩るだけでよい稼ぎになるはずだ。ギルドには初心者向けから中級者向けまで様々なクエストが準備されている。よりどりみどりは言いすぎとしても、手持ちぶさたになることはないはずだった。

一体何が問題なのか。

手っ取り早いのは当の冒険者に訊くことだろう。我々の町のどこがまずいのか、なぜ皆、立ち寄ってくれないのかと。だが、まずもってなかなか彼らが見つからない。呼び止めても走り去ってしまう。やむなく職員に進路を塞がせると、電撃とともに意図せぬ言葉——『洞窟に行くなら松明が必要だよ』とか『まずは魔物と戦って経験を積むことだ』とか——を喋り出す有様だった。

ほぼ一刻、失敗を積み重ねた末に、オトマルは腹をくくった。

教えてもらえないなら見て探るしかない。衛士を数人引き連れて、冒険者を追跡することにした。戦闘員の手配は、もちろん市外に赴くことを意識してだ。町近郊の魔物は弱いが、一般市民には十分な脅威となる。オトマル自身も慣れぬ鎖帷子を外套の下にまとった。誤算だったのはパブリナがついてくると主張したことだ。文官の彼女に荒事の心得があるとは思えなかったが、

「節穴の目がいくつ揃っても、真実は見えないでしょう。私だって危険を避けたいのはやまやまですが、無意味な試みで時間と資源を浪費してほしくありませんから」

「……」

かくてオトマル率いる町役場の一団は、一人の拳闘士を追跡することになった。

筋骨隆々の大男だった。分厚い胸板。鑿で彫ったように精悍な顔立ち。骨張った拳はパブリナの頭ほどもあり、それ自体が凶器に思える。

彼は町の中をおざなりに見て回った後に、市外へ出た。春風そよぐ草原に力強く一歩を踏み出す。

百ストーパ（約三十メートル）も行かないうちに、牙持ちネズミと出くわした。毛皮や牙狙いで狩人の獲物にもなる獣だ。大男は腰の拳鍔を身につけると戦闘準備に入った。

決着は一瞬でついた。

牙持ちネズミの跳び蹴りが一閃、大男が倒れたのだ。馬乗りになったネズミは拳を振り上げると容赦なく巨体を乱打し出した。ほどなくして抵抗が止む。ネズミは残された屍に唾を吐きかけると、その場から去っていった。

「……弱いですね」

「うむ」

パブリナと顔を見合わす。見かけ倒しにもほどがある。あの筋肉の下には籾殻でも詰まっていたのだろうか?

ふっと視界の端を影が横切る。

いつの間に現れたのか、臙脂のローブをまとった魔法使いが立っていた。右手にねじくれた木の杖を持っている。暗いフードの奥に金色の目が光っていた。

「おお」

冒険者だ。しかも強そうだった。運がよい、町に戻って他の調査対象を探す手間が省けた。

魔法使いは泰然と周囲を見渡した。彼方にたむろするカミツキガラスを見つけると、おもむろに杖を掲げる。痩せた唇が何ごとかをつぶやいた。

炎がほとばしる。陽光を圧する魔力の輝きがカミツキガラスを直撃した。人知を越える力に、痩せ鳥の一羽程度、尾羽根一つ残さず消滅するかと思われたが、くぇぇえええ。

炎が晴れた場所には、無傷のカミツキガラスが飛び続けていた。黒い目が魔法使いを映す。そのまま嘴(くちばし)を煌めかせて襲いかかった。

魔法使いは杖を掲げた。防御魔法でも唱えようとしたのか、だが効果が出る前にカミツキガラスの攻撃が命中する。詠唱中断。再度杖を掲げる。被弾、杖を掲げる、被弾、詠唱中断。

何秒もたたないうちに、魔法使いは逃げ出した。だが逃げた先には別のカミツキガラスがいた。前後から絶え間のない攻撃を受けて魔法使いが倒れる。落ちた杖が力なく転がっていく。カラス達はくぇぇえと鳴くと、興味を失ったように元の場所に帰っていった。

「……弱いですね」

「うむ」

オトマルはパブリナと顔を見合わせた。

町に戻る。

今度見つけたのは、生真面目そうな神官だった。旅を始めたばかりなのだろう。教会から支給される法衣やメイスをそのまま身につけている。

彼は正門から広場に入ると、町の守護神である天秤の女神像を横目に、市街を進んでいった。そのまま宿か武器屋でも目指すのかと思われたが。

「あれは一体何をやってるんだ？」

神官が民家に押し入っている。驚く住人に定型文の会話を仕掛けると、すぐに退出、また別の民家に入っていった。中から親子の悲鳴が聞こえてくる。

「戸別訪問による布教活動……というわけでもなさそうだが」

見ている前で神官が路地裏に駆けこんでいく。だがすぐにまた踵（きびす）を返して走ってきた。続けて廃屋の扉をどんどんと叩き始める。

パブリナは小首を傾げた。

「単純に迷ってるんじゃないでしょうか？」

「迷う？」

「はい、目当ての店がどこにあるか分からず」

確かに神官の足取りはふらついていた。同じところを行きつ戻りつしている。小路（こみち）に入った挙げ句、町の外周沿いに正門まで戻ることもあった。

オトマルは眉をひそめた。

「分からないなら訊けばいいだろうに」

「どうやってですか？」

「だから、そこらの町の人間をつかまえて……」

言いながらはっとする。パブリナは冷えた目でうなずいてみせた。

「はい、普通ならそれですむ話です。が、彼らと我々のやりとりは、あの奇妙な定型文でしか行えないんです。初めての町で土地勘もなく訊く相手もいない。そんな状況で迷うなというのが無理でしょう」

「そ、そうかもしれないが、他にも何かやり方があるだろう。地図を見たり、案内表示を確認したり」

「……そんなものがどこにあるんですか？」

パブリナの指摘に口ごもる。確かに町のどこにも、旅人の行方を示すものは見当たらなかった。各店先に看板こそかかっているが、それを見つけられる者はそもそも迷っていないだろう。

オトマルは眉間の皺を深くした。

「だ、だが普通に考えて、店なんて目抜き通りに集まっているんだ。繁華街を目指せばたどりつけるだろう。あんなにあちこち行ったり来たりする必要はないと思うが」

「店が目抜き通りに集まっている」

パブリナが顔を向けてくる。大ぶりな瞳にぎくりとさせられる。

「本当ですか？」

「そ、そりゃ常識で考えたら、わざわざ辺鄙な場所で商売する馬鹿はいないだろう」

「常識とか普通とか鳥の餌にもならないものは、捨て置いてください。実際にこの町の作りがどうなっているか、オトマル様は把握されていますか？」

当たり前だと言いたかったが、既に記憶には大分自信がなくなっている。

沈黙して視線をさまよわせていると、パブリナが一枚の紙を差し出してきた。走り書きだが市内のものと思しき地図が描かれている。

「さっきから町の様子を記録していたんです。で、役所の人間が説明会前に調べていた内容と突き合わせました。いいですか、目抜き通りがここ、で、町役場がここです。さぁ冒険者用の店はどこにありますか？」

のぞきこむ。まず宿屋を探すと、それは裏通りに埋もれていた。続けて武器屋、なぜか裏門（南門）の脇にある。防具屋は正門近く、だが立地は商業区ではなく倉庫街だった。

「なんでこんなにばらけているんだ？」

「分かりません、商業的な理由でないことは確かですが。散らばり具合を見る限り、単に機械的に店をばらまいたようにも見えます」

「行政側の問題だというのか？　店が密集しないように、目抜き通りへの出店を禁じたとか」

「そんな記録はありませんが……なんでしょうね、広い敷地を持て余して、無理矢理、各街区に冒険者の訪れる理由を作った、というか」

考えこむパブリナの向こうから「町長」と呼ぶ声がした。衛士が道の対岸を示している。

「冒険者が酒場に入ります！」

おお。

ようやくそれらしい場所にたどりついた。神官と酒という不適切な組み合わせが、今はめでたいものに思える。

物思いに沈むパブリナの肩を叩く。悟られぬように距離を空けて、神官の背中についていった。

スイングドアの上からのぞきこむ。神官はカウンターに向かっていた。禿げ頭のマスターがグラスを拭きながら視線をもたげる。

途端、ビリリとその身体が硬直したようになった。

「よく来たな。ここは旅人達の酒場だ。ささやかだが冒険者ギルドも兼ねている。仕事がほしいなら紹介するぜ」

例のごとくの定型句。だがこの場合は、至極的を射た反応になっている。マスターは背後の石板を顎でしゃくった。そこには依頼中のクエストが一覧になっている。難易度は経歴換算で、報酬と並べて表示されていた。

『旅路の始まり』、『届かぬ言葉』、『新月の旗のもとに』、『七年目の真実』、『大地の恵み①』——

やや詩的な標題が多いが、それはクエストの性格にもよっている。そう、〈はじまりの町〉では、クエストを冒険者の立ち上げ支援・慣熟目的に使っているのだ。

手頃な難易度で、楽しみながら、冒険に慣れ親しんでいく。それによって冒険者の数が増えて、ひいては町の経済にも寄与する。だから採算度外視で、魅力的なクエストが準備されていると聞いていた。

まぁ、例の記憶の断絶以降、あらためてクエストの内容を確かめる余裕もなかったが、自身満々なマスターの顔つきは不安を払拭するのに十分なものだった。

神官は石板に視線を走らせて、『旅路の始まり』と書かれたクエストを指さす。マスターは鷹揚にうなずいた。

「初めての土地に来て最初にするべきなのは、その町の人々を知ることだ。だから是非町の人達と話してくれ。百人に三回ずつ話しかければノルマクリアだ」

場の空気が凍りついた。衛士達がまばたきする。一瞬遅れて、パブリナが「は？」とつぶやいた。

神官の動揺が手に取るように伝わってくる。その指先が石板から外れて、別のクエストを示す。マスターがうなずいた。

「『届かぬ言葉』だな。実は俺の知り合いが、思い人に気持ちを打ち明けたいらしくてな。恋文を預かっている。ただいきなり渡すのが照れくさいので、彼女の行く先に一通ずつ置いていってほしいということだ。全部で〝二百箇所〟あるが引き受けてくれるか？」

神官がぶんぶんと首を振る。救いを求めるように最下段のクエストを指さす。

「『大地の恵み①』だな。牙持ちネズミの皮を二十枚持ってきてくれ。報酬は冒険者ギルド限定、〈皮剝名人〉の称号だ」

ぶんぶん。

「『大地の恵み②』だな。カミツキガラスの嘴を十個」

ぶんぶん。

「『大地の恵み③』だな。飛竜の逆鱗を」

ぶんぶんぶん！

神官は耐えかねたようにカウンターから離れると、店を出て行ってしまった。

あとにはきょとんとしたマスターが残される。

カウンタードアが軋み声を上げて閉じた。今更ながら、酒場に一人の客もいないことにオトマルは気づいた。

＊

「結論から申し上げます。この町に冒険者が寄りつかないのは当然です。むしろ何名か現れただけでも奇跡に思えます」

昼日中の執務室でオトマルはパブリナの報告を受けている。

悪夢の説明会から丸二日が過ぎ、市内は一応の平穏を取り戻していた。だが、住民のほとんどが家と仕事を失っている状況で、役場の仕事が途切れるわけもない。朝から絶え間なく陳情と揉め事処理に対応して、ようやく一息ついた矢先にこの報告だ。陰気な溜息を漏らしたくもなる。

窓の外は気持ちのよい青空が広がっている。どこかから小鳥の鳴き声が聞こえてきた。朝餉もまだだし、弁当を持って散歩するには絶好の日和だ。

オトマルは卓上のレモン水をあおった。

「この話は、今聞かないとだめかな」

　パブリナの目が細くなった。

「大変恐縮ですがオトマル様、無能な上司にできる数少ないことが、適切なタイミングで部下の報告を聞くことです。それさえ放棄するのなら、もはやオトマル様と鳥獣を隔てる壁はなくなります」

「……今の仕事が全部なくなるなら、鳥でも獣でも結構だがね」

　パブリナは何も聞かなかったように資料を持ち上げた。

「四十時間の調査で、見つかった冒険者が十九名。うち追跡できた十二名の行動を分析しました。そこから導かれる大小の問題点を大きく三つにまとめています」

　ぱらりと紙をめくる音。

「第一に町周辺の魔物が強すぎます。我々が雑魚(ざこ)と認識する魔物についても、冒険者一人で立ち向かうのはほぼ不可能です。衛士達の見立てでは、最低でも四名、安全を見るなら六名での対処が必要ということでした。ただ、これだけ閑散とした状況で、冒険者同士が共同戦線を張るのはまず不可能です。結果として単身で挑み敗北、挫折、撤退という流れになっています」

　ぱらり。

「第二に町の作りが悪すぎます。無駄に広い割に、見るべきところがほとんどありません。

それの埋め合わせか、冒険者向けの店を点在させているようですが、かえって移動距離を増やす結果に終わっています。武器屋から防具屋まで徒歩十分、宿屋は反対方向に徒歩十五分。ギルドは更に外周沿いに徒歩十二分。全部回れば余裕で一時間は無駄にします」

ぱらり。

「第三にクエストを始めとした企画の質が低すぎます。手間と報酬が釣り合っていませんし、内容も単純作業に毛が生えたものばかりです。ついでに言えば物語としての引きも山もありません。一体これで誰が興味を持てるんですか。催事・芸事としてはクソ中のクソ、クソ芸事と呼ぶのも面倒なので、いっそクソゲーと略したいくらいです」

「あまりひどい言葉を使うものじゃないよ、パブリナ」

うんざりした口調に、彼女は首を振ってみせた。

「ひどいのは現実です。私の言葉ではありません。そこをまずきちんと認識してください」

苦い顔でオトマルはレモン水のカップを置いた。頬杖を突いたままこめかみをタップする。

机の上には未整理のメモが散乱していた。市街の測量結果に安否の確認できた市民の一覧、臨時予算案。そこには例の〝天の声〟の筆写もあった。意味不明な単語とともに示された絶望的な通告。

――「アクトロギア」は七月十五日二十四時をもって全てのサービスを終了します。

終了、すなわち世界の終わり。

「つまり、こういうことかな。この世界を一つの出し物として見た場合、客に不満を与えるばかりで、ロクな楽しみを提供できていない。だから客が入らない。採算が取れないから出し物は閉鎖されると」

「はい、十中八九」

「明確だな」

明確すぎて救いがない。こんな内容を一体、市民にどう伝えればよいのか。ただでさえ立て続けの変事で不満がたまっているのだ。世界自体の作りがおかしいので、詰め腹を切らされるとか、とても納得してもらえそうにない。

とはいえ、原因究明を求める声は日々大きくなっている。分かったことは端から説明しないと、またぞろ非難の矛先が向きかねない。集会場での騒ぎの再現はごめんだった。

いや、でも何が分かったかバレていない以上、ごまかす手もあるのか？　まずい部分は伏せて、さしさわりのない話に留めるとか。さしさわりのない部分。どこだろう。世界が終わる、世界がクソ、興行主らしき〝天の声〟は改善どころか、店じまいに邁進している……。

（ううむ）

オトマルは溜息をついた。

「とにかく、演説の草稿を起こさないとな。いたずらに不安を煽らないように、物議を醸しそうなところはぼかして、かといってあとで嘘だったとならないように、ああ、そうか、調査の衛士にも口裏を合わせておかないと」

「あの、オトマル様は一体何を仰ってるんですか？」

ん？

パブリナと見つめ合う。ぱちぱちとまばたきする。彼女は木の洞でも見るような目になっていた。深い湖を思わせる瞳の色にたじろぐ。

「い、いや、君の報告を受けて、市民にどう現状を説明するか考えていたんだが」

「説明すると何か事態が好転するんですか？」

「好転……はしないが」

「次に打つべき手を、彼らが考えてくれるんですか？　我々の報告から新たな知見を導き出してくれるとでも？」

「それは……ないな」

「分かりません。なぜ解決に繋がらないことに時間と労力をかけるんですか？」

繰り返し問われて、議論のズレに気づく。

オトマルはまじまじとパブリナを見返した。喘ぐような声が喉の奥から漏れる。

「ひょっとして君、なんとかしようとしているのか？　我々の手で？　この事態を」

「逆にそれ以外、何をするんですか？　我々は為政者ですよ。不平不満を言っていればいい民草とは違うんです。課題があれば解消し、障害があれば克服していかないと」

「そ、それはそうだが」

ことは世界規模の変事だぞ。一地方都市の役場風情に何ができるというのか。もっと広く議論を喚起して、同盟諸都市や他国の有識者に対策を委ねるべきではないのか。

だがパブリナはしかつめらしい顔を崩さなかった。

「単純に考えてください。世界が終わるのはなぜですか？」

「なぜって……採算が取れていないからだろう？　君の話によれば」

「採算が取れていない原因は？」

「客が、冒険者が少ないから」

「彼らはなぜこの世界を訪れないのでしょう」

「この出し物のできが悪いから……」

「だったら？」

理詰めで説明されてようやく一つの結論が思い浮かぶ。眉を開きパブリナを見返した。

「できをよくする？」

我が意を得たりという風にうなずかれた。

「そう、要は出し物を〝面白く〟すればいいんです。新たにやってきた客はもちろん、現状にうんざりした既存客の興味も呼び起こせるように」

「い、いや、簡単に言うけどね、君」

慌てて遮ってしまう。

「面白くって具体的にどうすればいいんだ？　我々はただの地方役場の職員だぞ。催事の運営経験なんてないし、何が冒険者に受けるのかも分からない。それとも君は分かっているのか？」

「分かりませんよ。ただ明らかに悪い点は見えているんです。それらを一つ一つ潰していけばいいでしょう。何も無から有を生み出せと言っているわけじゃないんです。マイナスをゼロにする。まさしくお役所仕事の真骨頂でしょうに」

「……」

「これは苦情処理です。相手が物言わぬ冒険者というだけで、オトマル様が普段市民相手にやられていることと一緒ですよ」

「うう……む」

言われて見れば確かに、クレーム対応は自分達の日常だ。というか今まさに市民の突き上げを喰らって、事態収拾に奔走している。彼らの対応をする代わりに冒険者の対応に集中する？　なるほど、はるかに生産的なプランだ。解決とまではいかなくても、破局の先延ばしになるかもしれない。

ふむ、と自分を納得させるようにうなずいてみせる。

「いや……そうだな。確かに、優先順位のつけ方に問題があった。君の言う通り、説明よりも演説よりも、まずは対策だ。分かったよパブリナ、午後の予定は空けて、そのあたりの具体策を検討するとしよう」

だがパブリナは「いえいえ」と首を振ってきた。

「検討など必要ありませんよ。オトマル様にはそれ以外にも重要な仕事がありますから」

「ほう？　何かな」

パブリナは持っていた書類の束から一枚を抜き出した。

「白紙委任状です。こちらの町長欄にサインをください。あとは私の方でやっておきますから」

第二幕　世界終了まであと百二十八日

三月九日午前九時

青草の大海原が緩やかに波打っている。ほころびかけた菜の花が大地のそこかしこを黄に染めていた。陽光で溶けた朝露が、濃い草の匂いを振りまいている。風が吹き抜ける度に緑のさざ波が野を駆けていった。

ざわと茂みが鳴った。

ヨモギの群生を掻き分けて、灰色の獣が顔を出す。全長は二ストーパ（約六十センチ）ほど、ずんぐりした胴体に短い手足、長く濃いひげと鋭い前歯を突き出している。

牙持ちネズミだ。

齧歯類(げっしるい)としては大柄なこの魔物は、元来臆病な性質を持っている。縄張りを出ることは希(まれ)だし、侵入者と遭遇しても、戦闘よりは様子見を選びがちだった。

だがここしばらくの傾向で言うと、彼らの動きはやや大胆になっている。

まずもって野を行き交う人間が少ないし、仮に出くわしても簡単に排除できる。食物連鎖の捕食者達もなぜだか大人しいままだった。ただでさえ齧歯類の食欲は旺盛なのだ。警戒に使う意識を獲物探しに割いたところで、誰が責められよう。

だからその時、彼が周囲の気配になかなか気づけなかったのも、ある意味、仕方のないことと言えた。

ガサリと重い物が草を踏む。続いて金属の擦れ合う硬い音が響く。

牙持ちネズミは耳をそばだてた。

薮の陰から乗り出すと、鎧姿の人間が見えた。単身でのっそりのっそりと進んでいる。視線の向きは明後日だ。こちらには気づいていないようだが、その進路にいささか問題があった。今のまま進めば、ほどなくして巣穴の近くにたどりつく。何もなく通り過ぎればよいが、そうなる保証もない。

がちり、と牙を打ち鳴らす。前方を見据えて闖入者(ちんにゅうしゃ)に近づく。緊張はない。ここしばらくそうしているように、最初の一撃で片をつけるつもりで後脚を踏ん張ったが、

――!?

複数の影が立ち上がった。舞い散る草葉に鋼の煌めきが混じる。一体何が起きたのか、理解できないまま、牙持ちネズミは五人分の攻撃を受けた。

反撃の暇もない。雪崩(なだれ)のように降り注ぐ剣と棍棒が体力を削っていく。たまらず包囲の隙を突き逃げ出そうとするが、その前に先の鎧姿が立ち塞がった。身の丈ほどもある大剣が抜かれて、退路を断っている。

罠――などという言葉が齧歯類の脳みそに浮かぶはずもなかった。

呆然とし続ける牙持ちネズミの耳に、巣穴の同胞の悲鳴が届く。〈はじまりの町〉近辺の魔物達にとって、それは悪夢の開幕を告げる号砲だった。

「区画13、目標撃破率四十パーセント。敵集団潰走中」

「区画24、新たな防衛線を発見。十人隊(コントゥベルニウム)規模、これより戦闘に入る」

「区画06より信号旗。目標沈黙、新たな掃討区画の指示を請う」

物見の丘に報告が飛び交う。

机上の地形図に次々と彼我(ひが)の状況が書きこまれていく。忙(せわ)しげに情報をとりまとめているのは町役場の職員だ。ある時は手旗信号で、ある時は手鏡の光信号で前線とやりとりしている。見ている間にまた一つ、地形図上に戦闘が生起した。

パブリナはしかつめ顔で状況を見守っている。地形図と眼下の風景を慎重に見比べていたが、やにわに声を大きくした。

「第八集団に伝達、攻撃中止。区画23の第四集団と合流させて」

指示を受けた連絡役が「は」と目をまたたく。

「で、ですが、第八集団はもう少しで敵防衛線を突破できるとのことですが」

「それは囮よ。いいように誘いこまれて戦力を分散させられてるわ。乗せられないで」

「りょ、了解しました」

連絡役が走り去っていく。

オトマルは酢でも飲んだような表情で訊ねた。

「パブリナ、これは一体何をしているのかな」

「あれ、説明しませんでしたか」

「されていないね、残念ながら」

朝一で叩き起こされて、自宅から連れてこられたのだ。状況の把握はおろか、ことの経緯さえ理解できていない。一体なぜ自分達は役場の仕事を放り出して、野戦指揮所の真似事を始めているのか。

パブリナは涼しげな眼差しを向けてきた。

「例の改善活動の一環です。冒険者用に、安全な狩り場を整備しています」

「安全な狩り場」

オトマルは眼下の惨状を見下ろした。虚ろな声でつぶやく。

「魔物を絶滅させたら狩り場も何もないんじゃないか」

「絶滅なんてさせていません。間引いているのはほんのわずかです。ほとんどの魔物は適度に弱らせて解放しています。我々が倒したら、冒険者の稼ぎにならないでしょう？」

ええ……と。

「鈍いですね。要するに彼らが一人でも戦えるように、敵の強さを調整しているんですよ。集客の実態に難易度を合わせているんです」

「……ああ」

ようやく分かった。冒険者が共同戦線を張れない一件への対処か。目的に比して手段が大仰すぎる気もするが、まぁ広い草原で、完璧を期すためというなら分からないこともない。ただ、にしても納得いかないことがあった。

「下で戦っている兵士はどこから調達したんだ？　うちの衛士はあんなにいないだろう」

「市民から有志を募りました。不足分はオトマル様の委任状を使い強制徴用しています」

「装備は？　一般市民が剣や鎧なんて持っていないだろうに」

「武器・防具屋に供出を依頼しました。不足分はオトマル様の委任状を使い強制徴収しています」

「役場の仕事はどうなっているんだ？　こんなに職員を連れてきて回っているのか」

「定年済みの人員を復帰させました。不足分はオトマル様の委任状を使い強制徴用しています」

「なるほどね」

ロクでもないことになっているのは理解できた。オトマル・メイズリークの名前は稀代の暴君として残り続けるだろう。全ての対策を打ち尽くした後に、この世界が続いていればの話だが。

パブリナは眼下の原野を指さした。

「動員した市民は約六十名。それを六名ずつ十グループに分けて、戦線に投入しています。市民一人一人の能力は冒険者に劣りますが、六人がかりで魔物一体に当たれば、初撃で無力化して反撃を封じられます。念のため各グループに一人ずつ戦闘経験者――役場の衛士などをつけて、囮や被害担当を担わせています」

続いて剣光閃く手近な戦場を指し示す。

「魔物の頭数はおおよそ今の二割減を目標にします。残りの八割に対しては、体力を三割以下に削り冒険者が仕留めやすくします。あとは各魔物と魔物の距離を三十ストーパ（約九メートル）以上取って、多対一の戦闘が起きないようにしたりとかですね。役場の統計係に試算させてみましたが、この措置で冒険者の生存率が七割上がるはずです」

「ふむ」

オトマルは顎をなでた。

「大した手際だよ、パブリナ。全然、まったく、欠片も知らされないうちに、ここまで仕事が進んでいるとは。さすがとしか言いようがない。で？　今更、私が呼び出された理由は何かな。別にいなくてもいいように思えるが」

「何を仰いますか」パブリナは目を丸くした。

「私はあくまでも委任を受けただけで、施策の全責任はオトマル様にあります。何かあった時に状況を説明できるよう熟知しておかないと、困るのはオトマル様でしょう？」

「つまり失敗したら、後始末を押しつけて、詰め腹を切らせる気だと？」

「嫌な言い方をしますね。部下としての報告義務と上長の説明責任をはっきりさせているだけです。オトマル様も、謝罪の時には一応『現場の動きは把握していました』と釈明したいでしょう？　『投げっぱなしで何も分かりません』よりは、はるかにダメージが小さいはずですよ」

「……お気遣い痛み入るよ」

溜息をついていると、遠くから馬のいななきが聞こえてきた。

街道を馬車の列が進んでいる。色鮮やかな幌が三つ、四つ。隊商のようだが、商会の旗印を掲げていない。御者の服装も不揃いで、いかにも寄せ集めという感じだ。

「あれは？」

オトマルは無表情に訊ねた。

「今度は何を強制徴用したんだろう」

「失敬ですね。なんですか、その私が権力を振りかざして、民草を搾取しているような言い草は。あれはあくまで自由意志で来ている人達ですよ。近隣都市の商人です」

「隣町の？」

「はい」

パブリナはうなずいた。

「現状、冒険者達がほとんど〈はじまりの町〉近辺でリタイアしてしまうため、彼らはまともに商売ができていません。ああ、ここで言う商売とは武器・防具の売買など冒険者向けの商いを意味していますが、とにかく客がまったくいないので、どれだけ在庫を抱えていても仕方がない状態です。顧みて我々の武器・防具屋ですが、品揃えがひどく、ほとんど訓練用の装備しか買えない状態です。なので隣町の商人達に、支店を出さないか持ちかけたんです。街道の安全は我々が保証するからと言って」

「いや、待った待った待った」

さすがに遮ってしまった。市内での独断専行はともかく、隣町とのトラブルの火種は見過ごせない。仮に人死にが出た場合、外交の場で『秘書のやったことで』なんて言い訳は通らないのだ。

「安全の保証って簡単に言うがね。この広大な平原で、無数の魔物相手に、どう保証するつもりなんだ？」

「どうするも何も、今まさに保証中じゃないですか」

パブリナは眼下の平原を示した。緑の絨毯(じゅうたん)のそこかしこに剣光が閃いている。

「この狩り場の整備は、今回だけで終わらせるつもりはありません。魔物は増えますし、負わせた傷も癒えますからね。定期的に兵を投入してバランス調整をする予定です。そのエリアに街道も含めれば一石二鳥でしょう。もちろん隣町の商人達に内幕をばらす必要はありませんから、きっちり出店費用に用心棒代を上乗せしますけどね。それでも彼らには十分儲けが出るはずです」

「あぁ……」

「出店費用の一部は、徴用した市民に還元します。そのサイクルができあがれば、無理なく整備活動を続けられますし、町の財政も安定します。仕入れた武器・防具が冒険者に行き渡れば、彼らの戦果も期待できますしね。何より生存率の向上に繋がります。三方よしですよ」

もはや一言も出ない。あまりの手際のよさに、今すぐ町長職を譲ってしまいたいほどだ。だが無力さを吐露する前に、鐘の音が響いた。地形図横に置かれた刻時機が午前十時を告げている。

パブリナは日の傾きをすがめて、職員達の動きを確認してから振り向いてきた。

「さて、そろそろ移動しましょうか。ここはしばらく任せておいてよさそうですし」

「ど、どこへだ？」

「町です。〝少々〟区画整理を行いましたので、オトマル様にもご承知おきいただければと」

少々という言葉がこれほど不吉に聞こえたことはなかった。

一目見た限り、町の目抜き通りにさしたる変化はなかった。

建物が取り壊されているわけでもなく、道が拡幅されているわけでもない。見慣れた家

並みが石畳の左右に続いている。耳を澄ましても、特に工事の音などは聞こえてこない、が、

「ちょっと待ちたまえ」

広場に差し掛かったタイミングで、パブリナを呼び止めた。何かの冗談であってくれと思いつつ訊ねる。パブリナが「はい」と振り向いてきた。

「なぜ町役場に『宿屋』の看板がかかっているんだ？」

軒先に寝具のマークがぶら下がっている。役場の案内表示は外されて、代わりに宿泊料の一覧が掲げられていた。

パブリナは不思議そうに首をひねった。

「宿屋だからですよ。私が鍛冶屋や水車小屋に『宿屋』の看板を掲げるとお思いですか？」

「思わないさ。だがあそこは鍛冶屋でも水車小屋でも、ましてや宿屋でもない、町役場だ。なぜそこにあんな看板がかけられているのか説明してほしい」

「移転させました。町役場を、郊外に」

あまりにも何気なく言われたので、思わずなるほどと流すところだった。だが、一瞬遅れて目を剝く。ほとばしる抗議を、パブリナは掌で抑えつけてきた。

「冒険者の立場で考えてみてください。初めての町にたどりついて、一番目立つ建物を目指すとします。目抜き通りの奥の豪勢な館です。何があるのか、どんな事件が待っている

のか、期待に胸を高鳴らせて入っていくと、中年の冴えない親父が出てきて『〈はじまりの町〉へようこそ』、以上終了です。がっかりすると思いませんか？」

「中年の冴えない親父とは誰のことだ？」

「私の口からはっきりとは申し上げられません。とにかく、期待値とそれにかける移動の手間、報酬が釣り合っていないんです。だったらせめて利便性のよい施設に入れ替えた方がマシでしょう。ただでさえ、宿屋は裏通りの見つけづらい場所にあったんですから」

正論ではあった。確かに、町役場とはいえ、彼女の言によれば、舞台装置にすぎないのだ。だったら観客の喜ぶ施設に変えた方がいい。理屈は分かる。分かるのだが、

「もちろん、入れ替えたのは町役場だけではありません。武器屋・防具屋・道具屋・冒険者ギルド、以上を目抜き通りに移して、移転先の住人は退去させています。それなりに抵抗はありましたが、冒険者の利便が最優先です。現状だとこの通りさえ歩けば、冒険に必要な施設の全てにたどりつけるんですから」

「いじったのは目抜き通りだけかい？」

「さしあたっては」

視線を巡らして建物を数える。道沿いにおおよそ三十戸、であれば苦情の上限はそのあたりか。移転先の役場の大きさは分からないが、果たして陳情のスペースが足りるだろう

か。待合室に入れないことで新たな苦情が生まれるかもしれない。頭が痛かった。

こめかみを押さえていると、パブリナがぱんと手を叩いた。

「申し訳ありません、少し目抜き通り以外にも手を入れていました」

「どこだ！」

「近場だと……あのあたりですね」

広場から放射線状に延びる道の一つだ。その入り口付近を示している。

早足で歩み寄る。建物の壁に見慣れぬ板が打ちつけてあった。街路と街区の見取り図……地図だ。赤字で現在位置も表示されている。

「案内図です。自分が今どこにいるかと、主要な施設までの道筋を表しています。これを市内全域に展開することで、冒険者が迷わないようにします。壁の借用を各家主に交渉しましたが、こちらは特に反発もありませんでした」

「それは……よかった」

心臓に悪い。一言話すだけで一年ずつ寿命が縮みそうだ。

額の汗をぬぐう。

「とりあえず役場に案内してもらえないか。一度落ち着いて、聞いた情報を整理したい。頭が破裂しそうだ」

「はぁ、それは構いませんが」

「なんだ、まだ何かあるのか」

「いえ、逆に私の方がうかがいたいです。クエストの改善はオトマル様の仕事でしたよね？　あれはどうなっているんですか」

「あぁ」

そう、権限委任の関係で業務のほとんどをパブリナに任せていたが、ただ一つ、クエストの改善だけは買って出ていたのだ。

もともと物語作りには興味があった。演劇の趣味が高じて、高価な脚本術の本を取り寄せたこともある。異化、カタルシス、三一致の法則。一応、正式な理論をかじった身からすると、ギルドのクエストはまったく噴飯物だった。いや、あれが実際の市民の困り事から作られているならまだいい。だが、どうせフィクションなら、もっとやりようがあるだろう。何がネズミの皮を二十枚持ってこいだ。月の王女の無理難題か。

「いや、よく訊いてくれた。実は既に脚本を作ってギルドに渡してあるんだ。波瀾万丈の恋あり、涙あり、逆転ありの素晴らしいクエストになったぞ。君にも是非見てもらいたいと思ってたんだ」

「……」

「いえ、素人の脚本はだいたい独りよがりで、受け手の印象を考えないものですから」

「なぜ黙るのかな」

「ふふん、そんなことを言っていられるのは今のうちだけだぞ。実際のクエストを見て、涙が止まらなくなっても知らないからな。……お」

折よく目抜き通りの奥に、一人の冒険者が見えた。軽装の盗賊だ。移転してきた店を一つ一つ訪れている。

「丁度いい。彼、冒険者ギルドに入りそうじゃないか。後ろで反応を見てみるとしよう」

半信半疑のパブリナを連れて道を進む。冒険者がギルドに入ったのを見届けてから、入店した。

「よく来たな。ここは旅人達の酒場だ。ささやかだが冒険者ギルドも兼ねている。仕事がほしいなら紹介するぜ」

禿げ頭のマスターがいなせに笑いかける。

盗賊はクエストの書かれた石板に視線を走らせた。上から並んだ依頼は『旅路の始まり』、『届かぬ言葉』、『新月の旗のもとに』、『七年目の真実』――

オトマルは傍らのパブリナに目配せした。

「各タイトルはあえて元のままにしてあるんだ。そこからインスピレーションを得て、本来あるべき物語を考えてみた。たとえば『届かぬ言葉』だと、時を超えた男女の恋愛劇。百年前の少女から届いた手紙を前に、依頼者の少年はどう思いをかなえるのか！　って感じでね」

「ははぁ」

盗賊の目が石板の下段に止まる。「お」とオトマルは声を華やがせた。

「『大地の恵み①』か、あれはちょっとすごいぞ。実はマスターに頼んで、クエストの導入に小芝居を打ってもらうことになっているんだ。グラスが飛んでくるかもしれないから気をつけてな。結構激しい立ち回りをやるはずだから」

「普通に迷惑なんですが……」

盗賊の指がクエスト名を示す。身構えるパブリナの前で、マスターが眼光を鋭くした。全身の筋肉を緊張させて、大きく鼻孔を広げて、何ごとか叫ぼうとしたが、

――。

マスターは鷹揚にうなずいた。

「『大地の恵み①』だな。牙持ちネズミの皮を二十枚持ってきてくれ。報酬は冒険者ギルド限定、〈皮剝名人〉の称号だ」

空気が固まる。微笑(ほほえ)むマスターが、はっとしたように目をさまよわせる。慌てて何か言

いかけるが、その時にはもう盗賊は店を出てしまっていた。

「オトマル様」

胡乱な視線が突き刺さってくる。

「あなたが筋金入りの無能でものぐさなのは仕方ないとして、それをことさらにアピールしなくてもよいのではありませんか？」

「ち、違う！」

店内に飛びこむ。カウンター越しに、棒立ちのマスターに詰め寄った。

「話が違うじゃないか！　協力してくれると言っただろう？　君もよい演出だと喜んでいたじゃないか！」

「いやぁ」

マスターは禿げ頭を掻いた。

「ちゃんとやるつもりだったんだよ。ただ、冒険者に向き合った瞬間、身体が固まっちまってさ。気づいたらさっきの台詞を口にしてたんだ」

「固まった？」

「電撃が走ったみたいに、ビビビッてさ」

ビビビ。

嫌な予感がする。沈黙していると、靴音とともにパブリナが追いついてきた。

「冒険者と我々のやりとりは定型句でしか行えない。そう結論が出ていませんでしたっけ？」

冷ややかな声だった。

「しかも会話のきっかけは常に冒険者側の行動です。私達が自由に話しかけたり、身振り手振りを仕掛けたりはできないはずです」

「じゃ、じゃあ私の準備した脚本は？　千枚に及ぶ原稿は」

「ゴミですね。どれだけ頑張って覚えても、実践できなくては無意味でしょう」

足の力が抜ける。倒れそうな身体を辛うじてカウンターに預ける。

「な、ならクエストの改善なんて不可能じゃないか！　役者の演技も台詞も変えられないんじゃ！」

「だからどうやってやるのかなーと思ったんですよ。でもオトマル様、自信満々だったじゃないですか。ケチをつけるのも無粋なので、お手並みを拝見していたんです。まぁ、期待にそぐわぬ段取りの悪さでした」

「うぐ……ぐ」

「しかし困りましたね。クエストの導入である、ギルドの対応を変えられないとなると、実際にどういう改善策があるのか」

わぁと叫び声が上がったのはその時だった。怒号と悲鳴、続いて何か重い物の落ちる音が聞こえてくる。

外だ。

パブリナをうかがうも首を横に振られた。どうやら彼女もあずかり知らぬ事態らしい。マスターを残して店から出る。騒動の場は意外に近かった。広場の出口に人だかりができている。揉み合う集団が二つ、それを取り囲む野次馬が十数名。見ている間にもパブリナと同じ棒タイ・ベストの男が一人、路上に放り出されてきた。

——パブリナと同じ服装？

というかあれ、町役場の職員じゃないか。

近づくにつれて予想が確信に変わる。

乱暴に追いやられているのは造営係（都市計画）の人間だった。怒声を上げているのは人夫達か。館の入り口を守るように集っている。その後ろでダブレット姿の商人が腕組みをしていた。

「帰れ、帰れ！　今度敷地内に入ったらただじゃすまねぇぞ！」

「三秒以内に立ち去らないと、全員水路に叩きこんでやるからな！　脅しじゃねぇぞ！」

人夫の威嚇に造営係が必死で食い下がる。

「し、しかし我々は公務でうかがっていて。町長名の命令書も」

返答は食器棚だった。館の入り口から投擲(とうてき)されたカップボードが路面をうがつ。飛び退(の)く造営係達の前で、中身の皿やカップが音を立てて散らばった。

一体何が起きているのか、どうしてこんな騒ぎになっているのか。視線を走らせて、館の屋号を確かめて、愕然とする。

商会の本社だった。富と繁栄を示す貨幣袋の紋章レリーフ。黄金の聖獣をあしらった飾り柱。〈はじまりの町〉を牛耳る大富豪の本拠地。

すぅっと血の気が引く。あ、う、と喘ぐような吐息が漏れた。

「パブリナ、まさかとは思うが、君」

切れ切れの声。

「商会の建物にまで立ち退きを迫ったんじゃないだろうな？」

「はい」

あっけらかんと答えられた。

「例外を作る意味も理由もありませんから。こちらの建物は競売所に変えました。既に中身は改装して職員も配置したはずですが」

っ！

怖気が立つ。よりにもよって、ここまであからさまな逆鱗に触れてくるとは！　額を押さえて、さすがに『何をしてくれるんだ！』と諫めかけた時だった。

車輪の走行音が響く。舞い散る砂埃に、野次馬の列が割れる。開けた路上に馬車が見えた。荷台の扉が開き、屈強な護衛が二名、出てくる。その奥からガウン姿の男が降りてきた。ぎょろりとした目が造営係を見据える。

「なんだ、まだ追い返しとらんのか！」

商会長だった。黒い鼻孔を広げて、館を一瞥する。

「伝統ある商会の本社を競売所に変えるなど、罰当たりにもほどがあるわ。あとで役場に怒鳴りこんでやる。貴様ら全員、この町にいられると思うなよ！」

「商会長！」

たまらず人混みから飛び出していた。石畳の段差で転びそうになりながら、ガウンの足元に駆け寄る。

「すみません。これはちょっとした手違いです。まずはきちんと説明をして、了解を得るべきでした。今日のところはうちの人間を引き揚げさせますので、何とぞご寛恕を」

「引き揚げですむか！」

胴間声が響いた。指輪で飾り立てられた手が館を示す。

「町長、君はこの建物の中がどうなっとるか知っとるのか！　書類も手形も運び出されて、冒険者どものガラクタ置き場になっとるらしいぞ。おまけに喫茶室だの談話室だの怪しげな施設をこしらえているとか。一刻も早く元に戻したまえ！　今すぐにだ！」

「あぁ、えぇ、お気持ちは分かりますが、今すぐというのは、ちょっと」

パブリナのことだ。中途半端な改装をしているとは思えない。原状復帰を約束するにしても、範囲と程度を見極めてからにしたかったが――

「そうです。今すぐ戻せなんて無茶苦茶です」

脇からパブリナが口を挟んだ。止める間もなく、商会長を睨みつける。

「ただでさえやるべきことが山積みなんです。手戻りで時間を浪費する余裕はありません。苦情があるなら、冒険者の客足が戻ってから、町の存続が保障されてからにしてください。他の家主の意見と合わせて公平に、あらためて町の区割りを検討しますから」

火に油を注ぐとはこのことだろう。商会長の顔色が赤から青、紫に変わる。憤怒に満ちた目が逸らされるのに長くはかからなかった。

商会長は、もはやパブリナなど眼中にない様子で、人夫達に叫んだ。

「もういい、全部運び出せ。出たゴミは役場に放りこんでおけばいい。おまえらの給金は全額、町に請求してやる。だから急げ、三十分を切ったら特別報酬だ！」

おお、と快哉が上がる。騒々しい足音を立てながら人夫達が館に入っていった。中から鈍い破壊音がいくつも響いてくる。破れた壁材や什器が次々と放り出されてきた。

「なんてことを」

パブリナが地面を蹴った。人垣を掻き分けて玄関に突入する。

「お、おい！　パブリナ！　待て！……くそっ」

頭を掻きむしりながら、彼女の背中を追った。追いついて何ができるのか、どうすればよいのか、考えている余裕はない。ただ一つ言えるのは、ここで彼女を置いて逃げるという選択肢はないことだった。

玄関ホールは修羅場と化していた。

解体作業中の人夫にパブリナが組みついている。うるさげに払いのけられるも、またすぐに飛びかかって作業を妨害していた。

「うわ！　なんだこいつ！　噛みついてきやがった！」

「つかまえろ、そっちに行ったぞ！」

「どこだ！　ちまっこくて見えねぇ！」

体格差が間合いを見誤らせているのか、屈強な人夫達が手こずっている。だがもとより数でも力でも絶望的な戦力差だ。パブリナは徐々に行き場を失い、ホールの隅に追いこまれていった。揺れる後ろ髪が漆喰（しっくい）の壁を叩く。

「もう十分だ！」

　たまりかねて叫んでいた。大きく息を吸って、声を張り上げる。

「パブリナ、一度引き揚げよう！　君らも手荒な真似はやめてくれ！」

「俺達は何もしてねぇよ、この娘が仕事の邪魔をしてくるだけだ」

　うんざりした様子で反論される。オトマルはしかつめ顔で同意のうなずきを返した。

「分かってる。分かっているとも。さぁ、パブリナ、戻って計画を練り直そう。何、競売所の一つや二つ、大した変更じゃないだろう」

「嫌です」

「嫌!?」

　パブリナは視線を厳しくした。歯ぎしりした拍子に白い歯が剝き出しになった。

「練り直す理由がありません。私は町全体のことを考えて、今回の計画を進めています。翻って、商会長の言い分は、ただ自分の居館をどうするかだけです。道理の通らない意見に忖度（そんたく）していては、あっという間に道を見失いますよ。我々には時間がないんです」

「そ、それはそうかもしれないが」

　人夫達の緊張が高まっている。あと少しでも作業が滞れば、彼らは簡単に爆発するだろう。なんとか彼女を説得、もしくは説得の時間を稼ごうと思ったが。

逡巡が、結果的に隙となった。人夫達の注意がオトマルに向いていたのも禍したかもしれない。

パブリナが床を蹴った。姿勢を低くして、包囲の隙間をくぐり抜ける。彼女が目指していたのはホール奥で作業する人夫達だった。鉄梃を差し入れて、競売カウンターを根元から引き剥がそうとしている。

「やめなさい!」

叫びながら人夫の背中に飛びつく。突然の衝撃に、取りつかれた男がわぁと腕を振り回した。小柄な身体が左右に揺れる。脱げた靴が明後日の方向に飛んでいく。風に翻弄される木の葉のようになりながら、だがパブリナは手を離さなかった。

「パブリナ!」

駆け寄ろうとすると別の人夫に阻まれた。加勢するとでも思われたのか、乱暴に押さえつけられる。

パブリナに対しても、他の人夫達が引き剥がしに入った。必死にしがみつく彼女を複数の手がつかむ。最初はある程度加減したのだろうが、嚙みつきと引っ掻きを受けて、対応を激化させる。折悪しく、玄関扉をくぐって商会長と取り巻きが入ってきた。

「何をもたついとる！　馬鹿どもを放り出せ！　多少なら怪我させても構わん！」

乱暴な指示が、最後の一線を吹き飛ばした。太い腕が力任せにパブリナを引き剝がす。それでもまだもがき続ける彼女を、彼らは投げ飛ばした。華奢な肢体が放物線を描き飛んでいく。

いくつかの不運が連鎖して、最悪の事態をもたらした。

まず彼女の飛ばされた方角には何もなかった。柱や照明からは離れており、着地の瞬間まで、それらにつかまるなどして軌道修正ができなかった。次の不運として、落下予定位置に扉があった。本来は封鎖されているはずの扉だが、この時、人夫達は真っ先に封鎖の板を外してしまっていた。そして最後の不運、まさしく、それこそ扉が閉ざされた理由に繫がるのだが、その奥にはいかなる部屋も廊下も存在していなかった。

ベストの背中が半開きの扉を押し開ける。

ぎぃと軋んだ音が虚空に吸いこまれる。ありえない光源が室内に生じる。扉の奥、屋内に続くはずの空間に無限の青空が広がっていた。

「あ」

パブリナが喘ぐ。吊り気味の目が見開かれる。

まばたきしたと思った時には、もう彼女は落ちている。伸ばした手が空を切り視界から失せた。

水を打ったような沈黙が訪れる。

誰もが突然の凶事に言葉を失っていた。

「パブリナ！」

今度は引き留められなかった。床を転がるようにして、底なし穴をのぞきこむ。四角く切り取られた空の向こうに人影は見えない。どこまでも清々しい青が視界を染めていた。

「パブリナ……」

うわごとのような声を虚空が呑みこむ。気づけば人夫や商会員達が後ろに続いていた。誰もが気まずげな顔をしている。

「だめだ、もう見えない」

誰かのつぶやきがオトマルの怒りに火をつけた。くしゃりと顔を歪ませて振り返る。

「こ、ここまでする必要はないだろう！」

叫び声が漏れた。悲嘆が喉を震わせる。

「確かに……確かに彼女のやり方は強引だ。説明不足だし何をやるにも突然だし、他人の気持ちなんかまったく考えちゃいない。だが仕事に対する真摯さは本物だった！　彼女がここを競売所に変えたのは、他でもない君達、市民を救うためだ！　なのになぜ問答無用で撥ねのけた！」

商会長は目を逸らした。相変わらずの強面だが、さすがに気まずさは隠しきれない。

「儂の責任じゃないぞ」

つぶやくような声。

「そんなところに穴が開いとるなんて知らんかった。殺せだの、突き落とせだの命じたわけでもない。たまたま落ちた場所が悪かった、それだけだ。事故だ、事故」

「多少の怪我なら構わない、とあなたが言ったんだぞ！」

炎のような糾弾が場を打ち据える。オトマルはぎりっと奥歯を噛みしめた。

「相手を傷つけてもいい、急げば金を弾む、そんなことを言ったあなたが、なんの責任もないと？　本気で仰っているんですか？　一体この建物の歴史とやらは、人一人の命と替えられるものなんですか！　どうなんです、商会長」

「……」

「こんなことで、こんなことで失われてよい人材じゃなかった」

慨嘆が床に落ちる。悲嘆が身体を震わせる。オトマルは膝を突いたまま、絨毯の毛をつかんだ。

パブリナとのやりとりを思い出す。信念に満ちた眼差し、毒舌だが真理を突く発言。周囲の反発をものともせずに突き進む行動力。

そうだ。あらためて気づくまでもない。彼女は紛れもなく町のことを第一に考えていた。

ぎりり、と歯を食いしばる。

腹の底から息を吐き出す。

「商会長」

ややあって漏れた声は低かった。あふれる激情が拳を握らせる。

「あらためて申し渡します。この施設は本日をもって町が接収します。今後、商会の人間は一切立ち入らないでいただきたい」

「な、何を!」

「私が――パブリナの仕事を引き継ぎます」

ゆらりと立ち上がる。乱れた上衣の襟を直す。激しい後悔と使命感が身体を突き動かしていた。パブリナの言う通り、オトマル・メイズリークは無能だ。無能で無才で、いっそ無価値かもしれない。だが無為にはなれない。今この状況で何もしないという選択はできなかった。

「可及的速やかに競売所の営業を開始させます。今週中、いや明日には、このフロアを冒険者に開放してみせる。あなた方が破損した内装も今日中に修繕する。これは決定事項です。町の全資源を投入して必ずやりとげてみせます」

「いや、さすがにそれは無理でしょう」

「無理じゃない。やるんだ。亡きパブリナの意思をかなえるためにも、絶対に」

「だから根性論では、どうにもならないと言っているんです。現在市内で浮いている人員がどれだけいると思っているんですか？　まったく、たまにやる気を出したと思えば、明後日の方向に進みたがるから救えません。馬鹿に振るべき最良の仕事は沈黙、というのは真理ですね」

なんて言い草だ。折角人がその気になっているのに、まるでパブリナみたいな物言いで腐しやがって。

唸り声を上げげつつ睨みつけた。傍らのパブリナが仏頂面で睨み返してきた。

……。

は？

「ぱ、ぱ、パブリナ……!?」

商会員達がどよめく。人夫の何人かが腰を抜かした。幽霊でも見たと思ったのだろう。かくいうオトマルもその場から飛び退いていた。

「な、な、なんで?」

震え声で指さす。

「君、落ちたんじゃないのか、そこの扉から」

「落ちましたよ」

「だったらなぜここに立っているんだ！　底なし穴に落ちて、帰ってこれるはずがないだろう！」

「底なし穴じゃなかったんですよ。少なくともその扉の先は」

とんでもないことをさらりと言って、続く質問を封じる。息を呑む聴衆の前で、パブリナは静かに床を示した。

「この町の下に未知の領域がありました。私はそこに引っかかって、別の出口から戻ってきたんです」

〝領域〟という言葉の意味するものについて、正直オトマルはよく理解できていなかった。部屋なのか、通路なのか、家屋なのか。入り口と出口があるなら、少なくとも役場の執務室程度の広さはあるのか。いや、引っかかったという話だから、実際にはベランダ程度の場所を意味しているのか？　その程度の認識でいたから、調査隊を組織して、現地に下り立った瞬間、目を瞠(みは)ることになった。

「なんだ、ここは」

二十ストーパ（約六メートル）はありそうな柱が、無数に立ち並んでいる。支えられた天井はなだらかなアーチで繊細な彫刻が施されていた。かがり火が燃えている。炎が揺らめく度に、石造りの獣達が影から浮かび上がり、また隠れた。

奥は見えない。反響する物音は空間がかなり広いことを示している。床の開口部からは更に下の階層が見えて、広がりが縦にも続いているらしいと知れた。

「町の下だよな」

丁度、目抜き通りの地下を回廊が走っているように見える。左右への分岐を見る限り、他の市街もこの空間の上に乗っているようだ。いや、ひょっとすると町の外まで広がりが続いているかもしれない。

「おい、何か書かれているぞ」

荷運びの要員が壁を指さしている。護衛の衛士が灯りをかざした。石壁の一部がオレンジに染まる。そこには矢印とともに、オトマルにも読める文字でこう記されていた。

・→第三百二十四坑道：百五十ストーパ
・→第七百六十二廃坑道：千百ストーパ

・←第六十四採掘集落：二千四百ストーパ
・→常影山脈：三万ストーパ

「鉱山……なのか？」

書かれている単語を見る限り、そうとしか思えない。だが尋常ならざる規模だった。神話にある岩の妖精の宮殿もかくやという大きさだ。

パブリナが高い天井を見上げた。

「鉱山というよりは鉱山都市ですね。既に放棄されて久しいようですが」

「放棄？」

怪訝(けげん)な声が漏れた。

「なぜそう思うんだ」

「彫刻の様式がかなり古いです。人物像であれば、つけている装束も今のものではありませんし、ざっと千年ほど前の意匠じゃないでしょうか。現役で使われている施設ならもう少し変化があってしかるべきです」

「し、しかし、灯りがついてるんだぞ。それに通路だって、塵(ちり)一つ落ちていない」

パブリナは少し考えてから、うなずいた。

「訂正します。『放棄されて久しい』、『千年ほど前の』施設と言いましたが、少々正確性に欠けました。正しくは『放棄されて久しい』、『千年ほど前の』施設に見えるようこしらえられた場所です」

「は、はぁ……？」

意味が分からない。まばたきしていると、パブリナは片眉を持ち上げた。

「〈幽霊屋敷〉の比喩を思い出してください。この世界の事物は本物のようで本物ではないんです。我々が市民役の演者であるように、この場所は廃鉱山を模した舞台です。だから経年劣化や身動きできない暗闇のような要素は排除されている」

「なんのために、そんなものを」

「冒険者が冒険するためにでしょう？　決まっています」

こともなげに言われると、相変わらず自分が救いようのない馬鹿に思えてくる。だが今回ばかりは反論の材料があった。

「だが彼らはここにたどりつけないぞ。冒険も何もないだろう」

そう、そもそもこの空間は町のどこにも繋がっていなかった。底なし穴の中にぽかりと浮かんでいたのだ。パブリナが見つけた出口も、突き出した壁や柱の基礎を伝いなんとかよじ登れる代物だった。だいいち、冒険者は底なし穴の入り口——商会本部の扉にたどりつけないはずだ。彼らが到達できないからこそ、その先は作りこまれていない、そういう理屈ではなかったか。

だがパブリナの表情は微動だにしなかった。

「オトマル様は〝天の声〟で二番目に語られていた内容を覚えていますか？」

「二番目？」

「はい、あの声は大きく分けて三つのことを語っていました。一つは七月十五日二十四時をもってこの世界が終わること。もう一つは〝ゲーム内通貨〟というものの販売が六月十五日に終了すること。あと一つはなんでしたか？」

寄り目がちになって記憶を探る。あの悪夢の説明会で何が起きたか。そうだ。商会員が飛び出していって、汗だくで戻ってきて、商会長が卒倒した。その一連の流れのきっかけとなったのは、

「『〈黄金半島〉』が『中止』——とかなんとか」

「そうです」

こくりと首肯された。

「正確にはこうです。〝配信の予定されていた新エリア〈黄金半島〉は勝手ながらリリースを中止させていただきます〟、『配信』とか『リリース』とかよく分からない単語が並

んでいますが、私はどちらも『開場』に近い意味だと思います。だとすればこうは考えられないでしょうか？　興行主たる〝天の声〟の関係者は、更なる集客を狙い〈黄金半島〉という〈幽霊屋敷〉の開場準備を進めていた。ですが、思ったより客足が鈍いので、途中で企画自体を取りやめた」

「……それで？」

「問題は企画の準備がどこまで進んでいたかです。書類段階だったのか、箱はできていたのか、あるいはそこで働く者の雇用まで終わっていたのか。全部終わっていたのなら、あるいは開場した方が費用対効果が高かったかもしれません。ただほとんどできあがっていたとしても、運転資金が嵩めば中止の判断もありえます。あとには誰もいない、綺麗な廃墟の〈幽霊屋敷〉が残される――」

あ、と叫びたくなった。彼女の言いたいことがようやく理解できる。オトマルは回廊を見渡した。

「ここも同じだというのか！」

未開場の新領域、真新しい古代遺跡、〈地下鉱山都市〉！

「はい。だからどこにも繋がっていないんです。おそらくですが、目抜き通りのどこかに入り口を設けて、常影山脈と結ぶ算段だったのではないでしょうか？　ベテランの冒険者に、町から近い狩り場を提供する気だったのかもしれません。ですが計画は頓挫して、がらんどうの箱だけが町の地下に残された。そこにたまたま、私が落ちこんでしまったんです」

呻くことしかできなかった。

なんという。

なんという非現実的なスケール感だろう。町の人間にまったく悟られずに地下都市を造る天の御業。それをあっさりと捨てさる判断。大地の下に空があり、その只中に別の領域があるという世界構造。

いずれもオトマルの常識では計り知れない内容だった。あらためて今直面している事態が、異常なものだと分かってくる。一瞬、ひょっとしたらそれに自分だけで対処することになったのかもと考えて慄然とする。パブリナの頭脳が健在で本当によかった。彼女が冷静に思考を巡らすだけで、正論を述べるだけで、足の震えがわずかなりとも収まっていく。

だが彼女の生還がいくつもの偶然と奇跡の産物——要するにただの幸運であることも分かっていた。同じ幸運を自分達が享受し続けられる保証はない。

「気をつけて進もう。ここが未完成の領域なら、どこに虚空への穴が開いているか分かったものじゃない。扉や階段などのあからさまな場所だけでなく、床の継ぎ目にも注意するべきだ」

硬い声で言うと、まだ若い、生真面目そうな記録係が手を上げた。

「であれば全員をロープで繋ぎませんか。誰かが落ちても他の人間で引っ張り上げられるように」

もっともな提案だったので、急ぎ荷物を引っ繰り返す。三人から四人単位で命綱を結び合って行軍を再開した。

しばらく似たような景色が続いた。闇の奥から等間隔で柱や彫像が現れてくる。かがり火の炎がぼうと一列に続いていた。壁の案内がなければ、同じ場所を巡り続けているのかもと疑うところだ。幸い、ほどなくして分岐が現れてオトマルの見当識を救う。地図を記載し、方位を測り、注意深く進んでいくと、周囲の景色はそれなりのバリエーションを見せ始めた。

集落があった。鉱石の加工場があった。トロッコ用のレールがあった。人間業とは思えぬ巨像が、三百ストーパ（約九十メートル）以上の吹き抜けがあった。パブリナでさえ読み解けない古代語の碑石があった。開け方も分からない巨大な門があった。

いずれも他では見られない絶景、奇景だった。

だが進むにつれて、調査隊の足取りは重くなっていく。どうやら致命的な底なし穴はなさそうだと分かったあとも、その傾向は変わらなかった。

「何もいない」

誰かが呻いた。

「魔物も妖精も幽霊もいない。ただ広いだけだ」

その頃になると調査隊のほぼ全員が同じ結論にたどりついていた。思わせぶりな遺跡をいくら踏破しようと、最深部には何もない。ひょっとしたら宝箱でも置かれているかもしれないが、その中身は永久に補充されないだろう。

「潮時ですね」

パブリナが足を止めた。

「これ以上進んでも得るものはないでしょう。貴重な時間が失われるだけです。戻りましょう。この場所にはなんの利用価値もない、どれだけ探索したところで、冒険者の集客には役立ちません」

ほっとした空気が流れる。

誰もがいつまでこの行軍を続けるのか、不安になっていたのだろう。既に遺跡に下りて半日が経過している。同じ道で帰れば、ちょうど日をまたぐ計算だった。

だがオトマルは一人、目を見開いていた。

先ほどから一つの閃きが脳裏に去来している。いや、それはかつて読んだ冒険譚の焼き直しにすぎなかったのかもしれない。古き地底の都、待ち受ける驚異の光景、そして最深部に眠る謎。

「オトマル様？」

パブリナが不安げにのぞきこんできた。

「どうしました。いくら無価値な場所を歩いてるからって、オトマル様まで無価値にならなくていいんですよ。ただでさえ、市政への貢献度が低いんですから」

胸をえぐる毒舌も今は気にならない。

緩慢に首を動かして、小柄な秘書官を見下ろした。「無価値」と平板な声でつぶやく。

「この領域は本当に無価値なのかな」

「はい？」

正気を疑うように凝視された。パブリナは眉間に皺を刻んだ。

「私の説明を聞いていましたか？〈鉱山都市〉は開場の中止された〈幽霊屋敷〉です。冒険者を楽しませる仕掛けも、役者も何一つ用意されていません。ただ広くて複雑なだけの空箱です。そんなものに一体なんの価値があるんですか？」

「素晴らしい舞台装置、彷彿される魅力的な背景世界、探究心を煽る迷宮構造」

オトマルは開演の合図を告げるように片手を広げた。

「最高の箱庭だよ。君はドールハウスで遊んだことがないのか？　完成度の高い作品は付属品などなくとも十分楽しめる。それが退屈に思えるなら、そもそも遊び方が間違ってるんだ」

「遊び方」

パブリナの眉間の皺が深くなった。

「ひょっとして我々で何か手を加えろと言っていますか？　狩り場として成立させるために、地上から魔物を引っ張ってこいとか」

「そんなことができるのかい？」

「無理です。人手も能力も足りません」

オトマルはうなずいた。

「だよな。町周辺の狩り場を整備しながら、ここの魔物も管理するなど、私も無理だと思う。いやいや、折角安全な場所なんだ。だったら違う形で活用した方がいい」

「つまり？」

珍しく戸惑い気味なパブリナに、人差し指を立ててみせる。オトマルは口角をもたげて世界の秘密を明かすように告げた。

「クエストで使おう」

＊

鉄靴（サバトン）が石畳を踏みしめる。槍の穂先が陽光を照り返す。

鎧の列が目抜き通りを進んでいた。あとにはローブ姿の魔法使いが、神官が、拳闘士が続いている。いずれも無表情で、目の動き一つさえない。事情を知らない市民がぎょっとした様子で振り返ってきた。異様極まりない雰囲気に恐がって逃げ出す子供もいる。だが集団は周囲の目など気にした様子もなく、切れ目のない列を作りながら、広場の一角へと集まっていった。その行き先には威風堂々たる館の姿がある。富と繁栄を示す貨幣袋の紋章レリーフ。黄金の聖獣をあしらった飾り柱。かつて商会本社として知られていたその屋敷には、今、『競売所』の看板が掲げられていた。そして傍らには大きな掲示板が設けられている。

新クエスト、《深淵の探索者》、挑戦者募集。

原因不明の災厄で滅んだ千年前の地下都市、それが突如現代に復活した。果たしてかの都市に何が起きたのか？　なぜ今、この時期に再び姿を現したのか。冒険者は遺跡の謎を

解き明かして、災厄の再来を防がなければならない。その探索の過程では、未知の宝物や装備が見つかるかもしれない。
※参加希望者は『競売所』玄関ホール脇の『封印の護符』を手に取って、以降の案内表示に従ってください。

集団は競売所に入ると、指示された通り護符を取り上げて、次の掲示を見に行った。先頭の戦士はもうホールの奥の扉を抜けて、にわか作りの梯子（はしご）を下りていっている。

「なるほど、確かにこれなら我々が直接やりとりする必要はないですね。定型文しか使えない制限も回避できます」

オトマルとパブリナはホールの玄関脇にたたずんでいる。集団——冒険者の邪魔をしないように気をつけつつ、クエストの状況をうかがっていた。

パブリナのつぶやきに、オトマルはうなずいてみせた。

「冒険者への依頼・指示、それにクエストの進行は基本的に全て貼り紙で行う。〈鉱山都市（ハーダンカ）〉にはいくつか〝通過点〟を設けて、次にどこへ行くか、どうやってたどりつくか、謎かけ形式で指示する形だ。もちろんただの謎々じゃ味気ないからね、それらしい背景や物語も付け加えてある」

人の流れが途切れたのを見て、奥の扉に向かう。冒険者の背中を追い、簡素な梯子を下りた。ほどなくして地下の大空間にたどりつく。

冒険者達は散らばりながら次の貼り紙を探していた。いち早く見つけた者が手元の護符に何かを書きこんでいる。

「あれは？」

「〝通過点〟に記された〈聖句〉——合い言葉を控えているのさ。『封印の護符』というのは、要するに回答用紙だ。各〝通過点〟に本当にたどりついたか記録して、あとで確認できるようにする。もちろん合い言葉は定期的に変えるので、答えの横流しや再利用は不可能だ」

職員用のゴンドラを使って下層にショートカットする。十分ほどの降下の後に、巨大な門の前にたどりついた。結局、開け方が分からなかった（多分、〝天の声〟達の開発自体が中止になったものと思われる）この門には一際、大きな貼り紙がされている。


最終〝通過点〟

よくここまでたどりついた。だがもう時間がない。古(いにしえ)の脅威は力を取り戻し、今にも扉を破ろうとしている。勇者よ、全ての〈聖句〉が刻まれた護符を捧げて、新たな封印を

施すのだ！
※〈聖句〉欄に抜け漏れはありませんか？　抜け漏れがあった場合、クリアと見なされず報酬が受け取れません。問題なければ『封印の護符』を差出箱に入れてください。

「ゴールですか？」

「ああ」とうなずいて、横に設えられたついたてをノックする。それは見る者に違和感を与えないように、周りと同系色に塗られていた。更によく見ると護符を入れる差出箱は裏でついたてと繋がっている。

ノックの音に続いて、ついたての向こうで人の気配がした。低い押し殺した声が返ってくる。

「……なんの反応もない。ただの壁のようだ」

「大丈夫だ、私だよ」

「え？　ありゃ？　町長で？」

出てきたのは商会の人夫だった。一瞬身構えるパブリナを制して、オトマルはついたての裏をのぞきこんだ。雑然とした空間には護符や指示書が散乱している。

「どんな感じだい？」

「はぁ、今日は比較的落ち着いていますね。開場初日は結構な騒ぎだったんで、どうなることかと思ってたんですが、今日はまだ七組くらいです」

「丁度よい案配だね。ああ、また一組来たようだ。引き続きよろしく頼むよ」

サンダルの音が近づいてくる。胸甲姿の女戦士が鞘を鳴らしながら走ってきていた。

パブリナを連れて柱の影に隠れる。女戦士が護符を投函すると、人夫はその内容を真剣に確認した。全ての〈聖句〉欄を見終わり、抜け漏れがないことを確かめると、頭上の紐を引く。遠くで鐘の鳴る音がした。

オトマルは頭上を渡る紐を指した。

「合い言葉に問題がないと分かれば、ああやって報酬授与役に、クリアを知らせる。授与役は冒険者が来る前に、所定の場所に報酬を置いておく。まぁ隣町の武器とか防具とか、ささいなものだけどね。一応鍛冶ギルドに手を加えさせて、外観上の希少価値を上げさせている。もし鐘が鳴らなければ、冒険者が同じ場所に行っても、何も手に入れられないというわけだ」

「では冒険者がクエストをクリアする度に、人力で報酬を補充してると？　成功判定にも人の目を使って」

「うん」

「随分、手間がかかるように思えますが」

「確かに。だが君の人繰りには影響を与えないよ。ここで動いてもらっているのは主に商会の人間だからね。ついでに言うと、〈鉱山都市〉と地上の連結部分も彼らに工事してもらっている」

パブリナは目に見えて面食らった様子になった。「商会の？」と、異国の言葉のように繰り返す。彼女は疑わしげに紐の行く先を見た。

「よく彼らに協力させられましたね。あれだけ私達のやることなすことに反発していたのに」

「膝を詰めて話し合ったからね。色々衝突も多かったが、最後には理解してもらえたよ。彼らにとっても利のある話だからね」

まだよく分からないという顔が返ってくる。オトマルは彼女に向き直った。

「商会の行動原理は利益の追求だ。よい儲け話があれば、善悪を問わずに飛びついてくる。だから彼らを動かしたいなら、それによってどれだけ稼げるか語ればいい。今回の件で言うと、冒険者が増えることでいくら金が入るかだ」

「クエストで動く金銭はありません。特に参加料も取っていないようですし、人の供出も考えれば大赤字になるはずです」

「クエスト単体で見れば確かに。だけど、町全体で考えたらどうだろう？　彼らは武器や防具を買う。宿屋に泊まる。ギルドで素材を入手する。競売所を使えば一定額は手数料として役場の財布に落ちる」

「つまり？」

「冒険者の増加で各店舗・ギルド・町が潤うなら、それは集客の功労者に還元されるべきだ。具体的には売り上げや手数料の一定割合を、クエストの運営主体に支払う。この場合、クエストの運営主体とは商会を意味する」

パブリナは虚を突かれた様子になった。押し黙る彼女に、肩をすくめてみせる。

「何も特別なことじゃない。君が隣町の商人と調整したように、皆が得する方法を考えただけだ。逆に不思議だよ。なぜ町の外でやれたことを、君が考えつかなかった？　同じ理屈じゃないか」

「……市外とのやりとりは外交です。市内で行われるのは行政で、目指すべきは最大多数の最大幸福です」

「なるほど、じゃあもっと単純に考えてみたまえ。町の外だろうが中だろうが、相手は人間だ。人間関係を円滑に行うコツは、相手に尽くすことだよ。一方的に殴りつけて言うことを聞かせることじゃない」

わずかな沈黙の後に、パブリナは首を傾げた。

「私は説教をされてるんでしょうか？」

「違うね。頭のいい君に、人の顔色ばかりうかがっている私が、別の視点を伝えているんだ。机の裏は床を這いつくばる人間にしか見えない。だからってテーブルクロスの染みを注意する家政婦長が不要とも言えない。両方の立ち位置が必要なんだ」

返事はなかった。だが吊り気味の目に反発の色はない。彼女は複雑な表情で巨大な門を眺めていた。話している間にも、新しい冒険者が来て人夫の鐘が鳴る。

「相手に尽くせ、ですか」

つぶやき声が拡散する。

「正直、理解できたとは言いづらいです。ですがそれでことが回っている以上、文句も言えません」

オトマルは口元を歪めた。

「まぁ本当のことを言うと、そんな綺麗事では終わらなかったんだがね。何せ相手はあの商会長だ。こちらがどれだけ譲歩しても、なかなか聞く耳を持ってくれなかった」

「では？」

「少々以前の議論を蒸し返してみた。あなたの指示のせいで、私は市政に不可欠な職員を失いそうになった。その過ちはどう償うつもりだとね。あなたが過去の負債を踏み倒す気なら、私は全力で取り立ててみせると」

「……脅しじゃないですか」

「貸し借りの収支を確認しただけだよ。いくら他人に尽くせと言っても、限度があるからね。盗っ人に支払う銀貨（デナリ）はない」

「……」

「それにね」とオトマルは語気を強めた。頭一つ分小さい秘書官をまっすぐに見つめる。

「君の存在は私――オトマル・メイズリーク個人にとっても、非常に大きなものだ。その君にあんな真似をしでかした外道に、甘い顔はできない。もっともっと言ってやってもよかったくらいだ」

静寂が訪れる。

ややあって返ってきたのは苦虫を百匹以上、嚙み潰したような表情だった。眉と頬肉を寄せて、整った顔をしわくちゃにしている。

「なんだいその顔」

「いえ、すみません、オトマル様の言い方が、ちょっと気持ち悪くて」

「気持ち悪い⁉」

「あの……ごめんなさい」

「謝るな！　なんだ⁉　私は今、何を断られたんだ⁉」

パブリナが背を向ける。そのまま、どれだけ呼びかけても振り向こうとしない。

オトマルは溜息をついた。どれだけ誠意を尽くそうと、やはりこの秘書とは本質的なところで分かり合えそうにない。いや、正確に言えば、彼女に対する信頼や尊敬は、どんな扱いを受けようと揺らぐことはない。だが彼女に同じものを（その何百分の一でさえ）求めるのは困難なようだった。あれだけ心の内を吐露したのに、彼女は顔さえ向けてくれない。ただほの赤い耳を見せているだけだ。

……うん？　ほの赤い？

「オトマル様」

はて、どこかにかがり火が。灯りが彼女の肌に映りこんでいるのかと見回していると名前を呼ばれた。パブリナは壁に向き合ったまま、わずかに顎をもたげた。

「大変恐縮ながら、先ほどの台詞をもう一度、繰り返してもらえますか？　何が不適切だったのか、あらためて考察したいと思いますので」

第三幕　世界終了まであと八十一日

四月二十五日午前九時

「それでは第二十七回〈はじまりの町〉振興委員会の定例会議を開会します。皆様、本日もよろしくお願いします」

役場の集会場に澄んだ声が響き渡る。議長席脇のパブリナがぐるりと視線を巡らした。相対するのは役場の人間を含む、町の有力者二十四名だった。服装も年齢も様々な人々が、議長席のオトマルに向き直ってくる。パブリナは手元の書類を取り上げた。

「本日の議題、及び進行順序はお手元の資料に記されています。特に緊急の動議がなければ、この通りに進めていきますがよろしいでしょうか？」

異議なしの声がパラパラと返ってくる。パブリナは頭を下げた。

「ありがとうございます。それでは、第一の議題『狩り場の調整状況』について。衛士長からお願いします」

壮年の偉丈夫が立ち上がり胸を張った。

「報告します。町の周辺、半径七千ストーパ（約二・一キロ）圏内は安定を保っています。冒険者の死体もすでに三週間、確認されていません。ただ、北方区画でカミツキガラスの大量発生が観測されており、早急な対処が必要です。のちほど要員配置の変更を申請しますが、若干の予算超過が見こまれます」

オトマルは片手を上げた。

「申請については可及的速やかに精査して、回答する。ただいずれにしても、冒険者の安全が最優先だ。申請が通るまでは、現場で融通をきかせてもらって構わない。問題があればこちらで調整する」

「ありがとうございます。私からの報告は以上です」

「続いて、第二の議題『町の財政状況』に移ります。財務官、お願いします」

パブリナの呼びかけに、眼鏡をかけた小男が立ち上がる。彼は親指の腹でつるを持ち上げた。

「前回の定例で私は申し上げました。町の財務体質は極めて健全で、安全な状態を保っていると。ですが一週間ほどで状況は大きく変わりました」

「というと？」

財務官は両手を広げてみせた。

「町の収支は健全どころか、暴力的な黒字を記録しつつあります！　そしてその伸びは留まるところを知りません」

「原因は？」

「大きく分けて三つです。第一に冒険者の増加に伴い、周辺町村からの武器・防具の出店料が爆発的に増えています。第二に狩り場調整の戦利品が安定収入となり、人件費の増を引き離しています。第三にパブリナ秘書官より提案のあった〈振興施策の外販〉です。あれについて、新たに四市町村が我々の提案を受け容れました」

おお、と場がどよめく。信じられないように参加者が顔を見合わせる。一方で手元の資料を慌ててめくり出す者もいた。

オトマルはうなずきつつも口を挟んだ。

「よい知らせだ。ただ、この場には前回の定例を欠席した方もいる。〈振興施策の外販〉について、もう一度簡単に説明してもらえないか」

「承知しました。〈振興施策の外販〉は我々の冒険者集客手法を明文化して、他の町村に販売するものです。『我々のやり方を真似れば、あなた方の町もたちまち冒険者で賑わいますよ。売り上げ倍増ですよ』と、まぁこんな感じの売り文句ですね。肝は、手法単体ではなく、それを実践する支援要員も売りこむことです。我々の施策は、読んだだけだとなかなか分かりづらいですから。『個々の町に最適化させて、定着させます』と言って人件費を請求し続けるんです。正直、他の商売が馬鹿馬鹿しくなるほどの稼ぎになりますよ」

「〝手法〟なんて形のないものが売れるのか？　本当に？」

狐につままれたような顔で鍛冶ギルドの職人頭が訊ねる。財務官はうなずいた。

「パブリナ秘書官の言葉を借りるならば、道順が分からない人夫を歩き回らせた場合と、地図を買い与えた場合とでは、迷う時間のない分、後者の人件費が安くなる。であれば、値付け次第で情報を買う合理性が生まれるとのことでした。あなた方、職工組合も冶金や加工の技術を抱えこんで、飯の種にしているでしょう？　同じ話ですよ」

ふぅむと職人頭が腕組みする。その傍らで今度は市民窓口の担当がオトマルに手を上げてみせた。

「すみません、よろしいでしょうか？」

「どうぞ」

「朗報に水を差すようで恐縮ですが、市政に必要以上の黒字は不要だと思います。役場は営利組織ではありません。施策に充てる以上の金があるなら、市民に還元するのが筋でしょう。特に〈鉱山都市〉に関する商会の貢献にはもう少し報いてもよいと思いますが」

「ということだが、どうかな、商会長代理」

商会長の席にはなぜだか、若い商会員が座っていた。彼はなんとも落ち着きない様子で「はぁ、まぁ」と頭を掻いた。

「未曾有の危機に当たるのは、市民として当然の義務ですし、あえて多くの取り分を求める必要はないと、……会長ならそう仰るかと思います」

「素直に言ったらどうだ。余計な世話を焼かれなくても、既に商会は周辺町村との交易を進めている。だから振興委員会に嘴を挟んでほしくないと」

市民代表からの揶揄に場が沸く。関係者には周知の事実だったのだろう。商会員の顔が青くなる。オトマルは苦笑しつつ場を鎮まらせた。

「商会長が仕事熱心なのはよく理解している。忙しすぎて委員会活動には顔を出せないのもな。ただ、交易で扱う売り物はギルドの素材や触媒に限定してほしい。武器や防具まで手を広げられると、出店料の取り組みとぶつかるからな。そう、商会長に伝えてもらえるかな」

「は、はい」

生温かい視線を浴びながら、商会員が額の汗をぬぐう。市民窓口の担当も気勢を削がれた様子だった。

オトマルは相好を崩した。全てが滞りなく順調に進んでいる。居並ぶ人々の顔にも余裕が感じられた。そう。そう、こういう市政運営こそ私の理想なのだ。

「さて」と息をつき、傍らの秘書官を見やる。

「議事に戻るとするかね。パブリナ」

「はい、続けて『冒険者の集客状況』についてで――す――が」

続けて起きた事象はなんとも説明しづらいものだった。

閉じようとした口が閉じない。眼球が動かない。音が、光が、震動が遅れて伝わってくる。

視界が明滅した。

机が欠ける。会議の参加者が消えてまた現れる。どういう原理なのか、首だけ浮いてまばたきしている者もいた。窓の外を飛ぶ鳥が、急停止したかと思うと、離れたところに現れる。

ト……ケ……ガカ……シリョ……マトメテ……ノデ――

……。

異常極まりない事態は唐突に終わりを告げた。パブリナの声が戻ってくる。彼女は「——報告をお願いします」と言ってから、整った眉をひそめた。

「またか」

場内の空気がうんざりしたものになる。特に混乱も恐怖もないのは、ここ最近、似たような現象が頻発しているからだ。

報告のために立ちかけた職員を制して、オトマルは窓辺に向かった。窓枠に手をかけてのぞきこむ。

移転後、三階に設けられた集会場からは町の様子がよくうかがえる。教会の鐘楼の向こうに延びる目抜き通りは、人の流れで満ちていた。全身鎧、ローブ、マント、法衣、胸甲、大剣、ワンド、メイス、戦斧(せんぷ)、長槍。

冒険者達だった。丁度今日、武器・防具屋で新装備の入荷が予定されている。それを目当てに集まってきているのだろう。

オトマルは片目をすがめた。

「集客状況は、報告を受けるまでもないな。満員御礼だ。予想以上の結果が出ている」

「そして冒険者が集まる度に、今の現象が起きています。関係があるのかないのか、色々と議論もありましたが、そろそろ結論が出たんじゃないですか。人が増えると、世界が

〝重く〟なるんです。間違いありません」

市民窓口担当の言葉に、何人かがうなずく。態度を保留している者も、薄気味悪そうに窓の外を見ていた。

〝重い〟という言葉は、身体が鉛でもつけられたように動かなくなることから来たものだった。誰が言い始めたのか分からないが、今では当たり前のように使われている。重い、止まった、動けない——という感じで。

オトマルは曖昧にうなずいて背後の秘書を振り返った。

「どうなんだろう、パブリナ。冒険者が増えたとは言っても、確認できている集客増は千人かそこらだ。世界全体の人口から見ても微々たるものに思える。なのになぜこうもいきなり異常が起き出したんだろう。何か別の理由がないだろうか」

「はぁ、そう言われましても」

「君のことだ。我々に言われるまでもなく、独自に調査を進めているんじゃないか？」

「確かにいくつか仮説は立てていますが」

彼女は静かに首を傾げた。

「どれか一つに答えを絞るには、きちんとした検証が必要です。いたずらに可能性を並べ立てても混乱を招くだけですから」

「検証、いいじゃないか。やれることはやろう、必要なら人と予算も確保する」

「本当によろしいので？　多少不愉快なことになるかもしれませんよ」

「現状を放置する方がよほど不愉快だ」

「分かりました。そこまで仰るなら私も覚悟を決めます」

パブリナは居住まいを正した。一歩、二歩引いて距離を取る。

「それではオトマル様、とりあえず衛士長と抱き合っていただけますか？」

……。

「なぜだ!?」

「理由はのちほど説明します。まずは言われた通りにしてください」

衛士長がまじまじと見返してくる。本気かと言わんばかりの顔だ。オトマルはもう一度パブリナをうかがってから、嘆息した。

「やろう。その程度で異常の原因が分かるなら、安いものだ」

「部屋の隅に行ってください。他の方となるべく距離を取って」

パブリナの言う通りに移動して、衛士長と向き合う。互いの目を見つめ合う。なんとも言えない空気が流れた。おずおずと肩をつかみ、背中を抱く。

「こ、こうか？」

「もっと密着して！　全身を重ね合わせて！」

「!?　い、いや、だがしかし」

「多少不愉快でも我慢すると仰いましたよ。あの言葉は嘘ですか」

「う、嘘ではないが」

利那、背中に圧力を覚えた。振り向くと別の衛士が抱きついてきている。歪んだ顔がすぐそばにあった。

「き、君、何を」

「秘書官が……こうしろと」

よく見れば、彼の後ろには他の衛士達が続いている。パブリナが呼びこんだのか、見ている間にも集会場の入り口から続々と鎧姿が入ってきていた。

パブリナが両手を叩く。

「はい、皆、十秒間隔でオトマル様に抱きついていってください。なるべく密着して、お互いに隙間を作らないように」

悲鳴を上げる。が、全方位からの抱擁は収まることがない。脇から、側頭部から、足の間から太い腕が差しこまれてくる。鎧の硬さと、体温、生温かい吐息に包まれて窒息しそうだ。

地獄絵図のような光景に、会議の参加者が顔を引きつらせている。見るに堪えず目を逸らしている者までいた。だが一人、パブリナだけは冷静に様子をうかがっている。視線をオトマルに据えたまま「四、五、六――」とカウントを続けていた。

「い、いい加減にしてくれ！　パブリナ！　こんなことが一体なんの役に立つんだ」

返事はない。視界を遮る腕を懸命に剝がして、声を張り上げる。

「いや、本当にまずいんだって。身体が変な方向にねじ曲がっていて、骨が、息――も――」

声が途切れた。首に巻きついた腕が消える。

視覚、聴覚、触覚。それぞれからの信号がバラバラになる。触れているはずの手が見えない。口に出した声が聞こえない。あらぬ方向から息遣いが聞こえてくる。

〝重い〟

思考が、見当識が、平衡感覚が細切れになって、

――。

「はい、もういいですよ。皆、離れてください。なるべく距離を取って」

気づけば周囲には誰もいなかった。衛士達が離れている。皆、戸惑いも露わにたたずんでいた。

パブリナは手元のメモに視線を落として、うなずいた。

「なるほど、六ストーパ（約一・八メートル）四方で十人といったところですね。ほぼ予測通りです」

「何がなるほどなんだ。さっぱり分からないぞ」

荒い息で睨みつける。汗をぬぐい、乱れた服を直す。だがパブリナは一顧だにせず聴衆を見回した。

「要するに問題は〝密度〟ということです。単純な数の大小ではなく」

「密度？」

「家の床を考えてみてください。一人や二人乗ってもびくともしませんが、千人乗れば抜けるでしょう。ただし同じ人数が家の周りを取り囲んでも地面は抜けません」

「当たり前だ。つまり？」

「この世界は単位面積あたりの収容人数が決まっているのではということです。先ほどの検証通り、六ストーパ（約一・八メートル）四方で十名を限界だとすると、そこに十一名入ったら、誰かが出て行くまで当該領域は機能不全に陥ります」

「機能不全……とは」

「まさに〝重く〟なるということですよ。世界という床が我々を支えきれなくなるんです」

あぁ。

だからさっき人数をカウントしていたのか。狭い範囲に何人まで集まれるのか、どこで問題が起きるのか確認するために。

（ふむ）

方法論には少なからず文句があるし、なぜ自分が実験台に選ばれたのかも分かりかねるが、意図は理解できた。ただ、全ての疑問が払拭されたわけではない。

「……床の〝機能〟は上の人間を支えること。それは分かる。だが世界の〝機能〟とはなんだろう。例の〈幽霊屋敷〉のたとえを敷衍（ふえん）するなら、冒険者をもてなすことじゃないのか？」

「冒険者や我々が思考し、行動し、結果を得られる、これを〝機能〟と呼んでいます。少したとえを変えます。国や町が活動し続けるには、食糧や燃料などの資源が不可欠です。ある時、人口が百倍に増えれば当然、その国の資源は不足し、民草の生活は立ちゆかなくなります。空腹や寒さで身動きできなくなるかもしれません。その時、他の国で資源がどれだけ余っていてもです」

「局地的な飢餓や物資の奪い合いが起こると？　その国の収容能力を超えたために」

「はい、仰る通りです」

「資源が欠乏して、国家の〝機能〟が損なわれて、皆が動けなくなる。つまり〝重く〟なる──」

「はい」

「その……〝資源〟というのがこの場合、何を意味するのか分からんが」

職人頭が口角をひん曲げる。観念的な話はもうたくさんという顔で、

「要するに〈はじまりの町〉に冒険者が集まりすぎているということか？　で、何かの限界や制限に引っかかることで、皆、自由に動けなくなる」

「はい」とパブリナはうなずいた。まだ不得要領な参加者をぐるりと見回す。

「ただ冒険者の数は増減しますから、ギリギリ収容できている間は影響がありません。急に大集団が訪れたり、何割かが予想以上に滞在すると、限界を超えて町が〝重く〟なるんです。そして彼らが去るとまた普段通り生活できるようになる」

「確かに、新しくクエストを始めた時は〝重く〟なるな。丁度冒険者がたくさん集まってくる時期だ」

市民代表が得心したようにつぶやく。途絶えかけた議論を、だがすぐに他の参加者が蒸し返した。

「で？　原因が分かったからどうする。以上終了なのか、それとも何か手を打つのか」

「手を打つとは？」

「冒険者を減らす」

「馬鹿か君は、一体この委員会がなんのために存在してると思っている」

「じゃあ市民生活への影響は無視しろというのか、それこそ暴論だぞ」

「静粛に、静粛に」

オトマルは手を叩いた。

まったく、気を抜くとすぐ身内でいがみあう。もともと寄り合い所帯だから仕方ないとはいえ、歩み寄る努力は続けてほしいものだ。子供じゃあるまいし。

だが問題ない。いくつもの修羅場を（先刻のも含め）乗り越えて、議長としての自分は成長している。こういう状態でも場をまとめて、建設的な議論をしてみせる。

胸を張り、背筋を伸ばして、自信に満ちた表情を作った。

「前提をもう一度確認しよう。我々が救うべきはこの世界であって、〈はじまりの町〉単体ではない。冒険者を増やすにしても、この町に全員集める必要はないわけだ。だとすれば単純に分散させればいいんじゃないか？　幸い、我々の振興施策を取り入れる町は増えている。彼らに協力してもらえればよいと思うが、どうだろう、秘書官」

「オトマル様が相変わらず無能で安心しました。最近まともな言動が多いので心配していましたが、いつも通りですね」

「っ!?」

パプリナは冷めた表情で議長席に向かって行った。机上の地図を取り上げて、正面の壁に貼りつける。

「この世界に存在する魔物が全て牙持ちネズミやカミツキガラスなら、オトマル様の理屈も成り立ちます。ですが実際には〈はじまりの町〉を離れるにつれて、魔物はより強力に、より凶暴になっていきます。そんなところに未熟な冒険者を送っても、死体の山を築くだけです。そして今町を訪れている冒険者の大半は初心者です」

細い指が大陸の真ん中を横切る。

「分散を成り立たせるには、この町の周辺と同じ危険度の場所を選ばなければなりません。そんな場所は世界広しといえども、数箇所しかないです。すなわち他国の〈はじまりの町〉、具体的にはコブリハ連邦と神聖トレスカ教国の辺境都市群です」

ざわりと室内が揺れた。

誰もがそこまでの話になると思っていなかったのだろう。混乱した様子で顔を見合わせる。止むことのないざわめきの中、初老の裁判官が手を上げた。

「失礼、秘書官。確か、連邦と教国には同盟諸都市の連名で協議を持ちかけたのではなかったか。この未曾有の危難に、国家の垣根を越えて対策を取るべきと。その返答は届いているのかな？　状況次第では今の分散案を持ちかけることもできるかと思うが」

「返答は届いています。連邦からは『寝言は寝て言われたし』、教国からは『神の秩序を冒瀆する者に災いあれ』と」

呻き声が上がる。市民代表が乾いた笑い声を漏らした。

「つまり我々はまだ物分かりがよかったということだ。常識的に考えれば彼らの反応が正常だ。我々は役者であり、世界の全ては冒険者をもてなす舞台装置だなどと！　まともな人間ならまず信じられない」

「そうです。だから冒険者の分散を成しとげるには、他国の常識を覆し、政策に介入して、辺境への投資を加速させる必要があるのです。さて、思い出してみてください。私達は一体何を解決するために、この議論をしているんでしょう？」

「なるほど、分かった。分かったよパブリナ」

オトマルは溜息をついて万歳した。

「たかだか日に数回〝重く〟なるのを避けるために、他国に内政干渉するのかということだな。確かに非現実的だ。限られた人手と時間はもう少し他のことに使うべ――き――で」

視界が明滅する。

机が欠ける。会議の参加者が消えてまた現れる。生首がまばたきして、かざした手が影法師と化す。

キッ……キ……ダ——

……。

「やっぱりなんとかならないかな、これ。いや、人の分散が簡単じゃないのは重々承知しているが」

仏頂面のパブリナが何か言いかけた時だった。

バンと扉が開いた。若い職員が息を切らして駆けこんでくる。手袋の手がドア枠を握りしめている。オトマルは眉をひそめた。

「なんだ、会議中だぞ」

「きゅ、急報です」

顔が青白い。職員は震える手で書類をかざした。

「商会の交易隊が襲われました。ほぼ壊滅状態とのことです。まだ未確定情報ですが、どうもその隊には商会長も同行していたようで——」

会議の延期を宣言して、商会本社に向かう。

混乱気味な職員の報告を繋ぎ合わせると、どうも交易隊の生存者が早馬を走らせてきたらしい。ひどい怪我をしていたが、手当もそこそこに事態の報告と救援要請を続けているのだとか。であればもう直接話を聞いた方が早い。パブリナだけを連れて、本社への道を急いだ。

「商会長、無事でしょうか」

不安そうにうかがわれる。ひどい目には遭わされたが、それでも心配になるらしい。オトマルは唇を歪めた。

「殺しても死なない人だとは思うが」

「相手が野盗なら、人質となる相手を殺さないはずです。ただもし魔物に襲われたのなら――」

口をつぐむ。オトマルはことさらに強く首を振ってみせた。

「商会の護衛は、うちの衛士よりはるかに腕利きだ。金にものを言わせて傭兵を掻き集めてるからな。この辺の魔物に遅れは取らないはずだ」

「まずもって交易隊がどこまで進んでいたのか分かりません。国境付近まで赴いていたら、魔物の脅威も跳ね上がるでしょう。あの商会長のことです。護衛の助言を聞かずに、強行軍を命じた可能性も」

返事はしない。最悪の事態はいくらでも考えられた。今はあれこれ想像するよりも、確かな情報を集める時だ。結果として救出作戦が必要なら、その時は首長として全力を尽くそう。

そう思っていたのだが、

「おお、何をしていた、町長！　遅いぞ！」

他ならぬ商会長がベッドに横たわっていた。ふかふかのクッションをいくつも敷いて、上体を預けている。サイドテーブルには高価な酒や果物が山と載せられていた。豪奢な空間に香油の匂いが漂っている。

しばらく言葉が出なかった。まばたきを数回、ややあって呻くような声を漏らす。

「ご無事だったんですか？」

「当たり前だ！　儂を誰だと思っとる。栄光ある〈はじまりの町〉商会の長だぞ。他の誰が犠牲になろうと、儂が生き残れば商会は存続する。呑気に野垂れ死んでなぞいられるか」

「早馬を走らせた人間は？　大怪我をしているとうかがったのですが」

「怪我しとるだろう！　よく見たまえ！」

突き出された腕には毛ほどの傷があった。言われなければ分からない大きさだ。

なんとも言えない沈黙の末に、背後のパブリナが「つまり」とつぶやいた。

「部下を見殺しにして、最高責任者が逃げ帰ってきたと？　驚きの屑野郎ですね」

幸い、毒舌は商会長の耳に届くことはなかった。疲労を覚えつつも、オトマルは平静を装った。ベッド脇の椅子に腰かけて目線を合わせる。

「それで何があったんでしょう？　襲ってきた相手は野盗ですか、魔物ですか？」

「そんな雑魚相手にうちの隊商が不覚を取るか！　身のほど知らずに挑んできた盗っ人をどれだけ返り討ちにしたと思っとる」

「では一体？」

「正規軍だ。完全武装の兵士が我々を包囲してから、襲いかかってきた」

すぐには反応できなかった。予想外の単語が脳裏に木霊する。わずかな間を置いて「なんですって？」と訊ね返した。

「軍隊だ、我々の隊商は他国の軍隊に襲われた」

「他国って、一体どこの国ですか」

「分からん。旗印を見ている余裕もなかったからな。だがとにかく多かった。装備も真新しくて、一線級の部隊に見えたぞ」

パブリナを振り返る。彼女はかぶりを振ってから進み出てきた。

「商会長、基本的なところを確認させてください。あなた方は一体、どこを進んでいたんですか」

「北東大平原だ。同盟北辺の都市群はまだ交易が手つかずだったからな、そことの関係を築こうとしていた」

「だとすれば神聖トレスカ教国の国境が近いですね。私達の協議要請にも『神の秩序を冒瀆』と返してきましたし、知らぬ間に異端認定されていたのかもしれません」

「そんな……無茶苦茶な」

オトマルの呻きに、パブリナは眉一つ動かさない。

「可能性だけなら、コブリハ連邦の海軍が上陸作戦を仕掛けてきた線もあります。もともと機会主義者の集まりみたいな国ですから、一部の跳ね返りがこちらの混乱を好機と見たのかもしれません。北西部の海岸線は天然の良港も多いですし」

「……」

気の滅入る話ばかりだった。市内の揉め事処理でも手一杯なのに、この上、外患への対処とは！　頭がついていかない。情報の咀嚼が間に合わない。だから次の瞬間起きたことにオトマルは一瞬だがほっとしてしまった。目先の難題から話を逸らせると思ったのだ。

「急報！　急報！」

青い顔をして役場の職員が飛びこんでくる。止めようとした商会員が二人、引きずられている。多分取り次ぎで一悶着あったのだろう。襟元が乱れている。

「なんだ貴様は！　おい、おまえ達、何をしとる。話し中だぞ。つまみ出せ！」

激昂する商会長をなだめて立ち上がる。職員に向き合い声を潜めた。

「どうした。あとではまずい内容なのか」

「ま、まずいも何も」

商会員を振り払い、書類をかざしてくる。広げられた紙面には複雑なサインがいくつもしたためられていた。

「？　なんだこれは」

「宣戦布告文です。本日早朝をもって、我々ブランボル同盟と戦争状態に入る旨、宣言されています。既に北辺都市群は陥落、戦線は南に移りつつあります」

「は？」

真顔になる。仮初めの安堵が吹き飛び、パブリナとの会話が蘇ってくる。

異端認定、協議拒否、機会主義者達による上陸作戦――

息を吸う。ようやくのことで絞り出した声はかすれていた。

「て、敵はどこだ？　神聖トレスカ教国か、それともコブリハ連邦か」

「両方です」

「両方!?」

「はい、そして両国に参戦を呼びかけたのは自由都市メドヴィナとのことです。宣戦布告文は三国の連名で書かれています」

書類を奪い取る。何かの間違いではと読み進めたが、期待はかなわなかった。上質な羊皮紙には読み誤りようのない文字でこう書かれていた。

ブランボル同盟の諸都市群は、世界秩序の敵である。

平和を祈念する国々の懸念をよそに、この世界が偽りであるとの妄言を振りまき、軍備増強にいそしみ、商取引の慣行を破り続けている。ここに至り、我ら連合国は更なる危険と破滅を避けしめる唯一の方法として、ブランボル同盟と戦争状態に入ることを宣言する。

制暦××××年四月二十五日

自由都市メドヴィナ　評議会　議長

神聖トレスカ教国　教王

コブリハ連邦　首長

「め、メドヴィナが動いたのか」

商会長の顔が青くなる。実際、その名前はブランボルの都市同盟に所属する者に、恐怖の念を呼び起こすものだった。

もともと同盟の土地に存在していたのは、小さな都市国家だけだった。だが北方に隣接する自由都市メドヴィナは、街道の要衝であることと、先進的な市場開放施策により、みるみる地域の強国に成り上がった。そして膨大な資金と軍事力を背景に、他の都市国家を圧迫し始めたのだ。

いくつもの交易路が潰されて、市場撤退を余儀なくされて、物理的に息の根を止められた町さえあったと聞く。たまりかねた都市群が共闘して、相互支援の条約を結び、ブランボル同盟が生まれたのだ。それでもまだ国力の規模では到底及ばないと見られている。

商会長はうわごとのようにつぶやいた。

「なぜこんな時期に。儂らは別に連中の縄張りを侵しちゃいないだろう」

「そう思ってるのは我々だけということでしょう」

パブリナの声は冷ややかだった。静かに宣戦布告文を見下ろす。

「商取引の慣行を破り続けて——とあります。要するに、私達の行っている物流網の整備、都市間の在庫共有、商品力の向上が現実的に彼らの覇権を脅かしたということでしょう。

もともと同盟中部・北部の都市群は地理的・経済的要因により、メドヴィナとの交流も断ち切れずにいました。ですが、我々の振興施策の外販により、その依存度も下がりつつあります。いつか同じことが他国・メドヴィナ自身に起こらないと考える理由はありません」

「な」

商会長の顔が一瞬呆けたようになり、次いで赤くなった。ぎょろついた目がより一層見開かれる。

「そ、そこまで分かってて貴様は施策を推し進めたのか⁉　儂らのケツを叩いとったのか。危険があるなら早めに言っておくべきだったろう！」

「あらゆる物事に危険はありえます。その全てに可否を仰ぐ時間はありませんでした。そもそも他国の内政干渉を恐れていては、どんな手も打てなくなります。相手の胸先三寸でどんな難癖もつけられうるんですから」

「屁理屈を！」

噛みつきそうな商会長の前に割って入る。つとめて淡々とパブリナに問いかけた。

「メドヴィナの思惑は分かった。教国と連邦は？　一体どうしてこの話に乗ったと思う」

「勝ちが見えていると考えたからでしょう。彼我の戦力差は圧倒的です。彼ら的に負ける要素は微塵もありません。であれば、早めに参戦して、勝利の配当を増やそうと考えるのが自然です。もう一つ、我々の町にこれだけ冒険者が集まっている以上、他国の集客は相当苦戦しているはずです。領内からブランボル同盟をなんとかしろという声が上がっていても不思議ではありません」

明確だった。少なくとも近隣諸国が〈はじまりの町〉を敵視する理由には事欠かない。自分達は意図の有無にかかわらず、この世界の覇権争いに参画していたのだ。

職員を振り返る。

「敵の戦力は分かるのか。兵数、兵種、なんでもいい。今時点でつかんでいる情報があれば教えてくれ」

「少なくとも重装歩兵が千、それに騎兵、弓兵、魔道士が随伴してるとのことです。攻城兵器の類いも確認されており、総数は二千を下らないものと」

「二千！」

即座に無理だと思った。同盟で動員可能な兵数は百から二百、それも各都市の戦力の寄せ集めで共闘の経験は乏しい。三大国の正規軍には敵うべくもなかった。

（負ける……）

絶望が込み上げてくる。頭が鉛を含んだように重くなる。

無力感に満たされながら、それでもオトマルは必死に思考を巡らせる。

我々は敗れる。それはもう仕方がない。だが、ことを始めた者の責任はどう取ればいい？　何をしたら市民の被害を最小限に抑えられる。

「わ、儂は知らんぞ。貴様らが勝手にやったことだからな」

商会長は目を泳がせた。ガウンに包まれた足が落ち着きなく揺すられている。

「もともと儂は反対だったんだ。世界の終わりなんて与太話に対処するなど。だから連中が来てもそう主張するぞ。今回の件は役場の人間が暴走しただけ。商会は一切関知してないとな」

さすがに室内の空気が鼻白んだものとなった。役場の者はおろか、商会員も顔をしかめている。

オトマルは優しさと哀れみの入り混じった目で歩み寄った。

「商会長、そんな話が通用するとでも？　圧倒的に優位な相手に、自分の家にだけは手をつけてくれるななどと、本気で聞き入れられると思っているんですか」

「だったらなんとかしたまえ！　責任者は君だろう！　君には市民の生活を守る義務があるはずだ！」

「はい、まったくその通りです」

しっかりとうなずき胸を押さえる。

深呼吸して、唇を結び、鼻孔を広げる。

「全ての責任は私が取ります。今から連合軍の本営に赴き、停戦交渉をしてきます。兵は連れていきません。我々に敵意がないことを説明して、世界の危機にともに対処しようと告げます」

ぎょろついた目がまたたかれた。商会長は呆然と口を開けて「それは」と呻いた。

「自殺行為だ」

「かもしれません。ですが正面切って戦えば、百名単位の死者が出ます。同じ自殺行為なら私一人で臨んだ方がマシでしょう。少なくとも犠牲者の数は最小限に抑えられますから」

「町長」

「冗談ですよ。相手も同じ人間です。いきなり丸腰の相手を切って捨てることはないでしょう。尋問なり監禁なりされている間に、今がどれだけ危機的な状況か分からせてみせますよ。先方だって、今の世界のありかたになんの疑問も覚えていないわけじゃないでしょうから」

つとめて明るい口調で言って、場を見回してみせる。

「ええ。なのでまったく勝算がないわけではありません。一つでも二つでも改善の糸口を見つければ、あとはまぁパブリナがよろしくやってくれますよ」

なぁ、と目配せして、議論を打ち切りかけて、だがオトマルは異常に気づいた。

パブリナの目はぎらついていた。頬が紅潮して火で炙（あぶ）られたようになっている。深緑色の瞳は、どこを見ているのか分からない。だが口元は笑っていた。獲物を前にした肉食獣のようだ。乱れた吐息が唇の隙間から漏れている。

「ぱ……パブリナ？」

「オトマル様……これは好機です」

聞き間違いかと思った。好機？　危機ではなく？　だがパブリナは強い視線のまま向き直ってきた。

「うまくいけば我々の前に山積するあらゆる課題を解決できます。すぐに準備を始めましょう。今から取りかかっても、丸一日はかかります」

「じゅ、準備って何をするつもりだ？　私一人の旅支度に一日はかからないぞ」

「決まっています」

パブリナは目を細めた。

「決戦です。我々ブランボル同盟は三大国連合軍を迎え撃ち、撃滅するんです」

*

川面に陽の光が煌めいている。

豊かな水流は青い鱗のようなさざ波と化し、晩春の大気を洗っている。対岸は遠く、生い茂る灌木はひとかたまりの帯にしか見えない。空から見れば、一帯は緑の野を割く巨大な青蛇の図にも見えただろう。その頭は長く西に延びて、無限の海原に溶けている。

端境川。

それがブランボル同盟の北部と中部を分かつ大河の名前だった。全長百二十ミーレ(約百九十キロ)に及ぶ流域は比較的まっすぐで流れも速く、河床も深く削られている。必然的に渡河の地点は橋や船着き場などに限られて、過去幾度となく防衛戦の舞台になってきた。

ざっ、ざっ、ざっ。

「全軍停止」

伝令の掛け声とともに軍靴の音が止む。

メドヴィナ・神聖トレスカ教国・コブリハ連邦の三大国連合軍の司令官は大柄な白馬に騎乗して、川の北岸に迫っていた。重装歩兵の列を従えながら、馬首を巡らし、数多の戦史に描かれた戦場を見渡す。

先達の行動を紐解くまでもなく、守備側の戦略は明確だった。

敵の進路から渡河の地点を予測、戦力を張りつける。相手がどれだけ大軍でも、一度に橋を渡れる人数は限られる。船での移動も時間を要する。そこを対岸で待ち構えて各個に撃破する流れだ。

逆に攻撃側の戦略は、守備側の準備が整う前に川を渡ってしまうことだ。一旦広い平野に抜ければ、あとは数を活かした包囲殲滅（せんめつ）が可能になる。だから渡河の場所を見誤らせるか、兵を急がせて相手の陣地構築を妨害する動きが定石とされた。

四月二十六日の戦闘において、三大国連合軍は後者の対応を選んでいた。既に小細工不要な戦力は確保していたし、同盟の動員が遅れるとの見こみもあったからだ。

常備軍を有する三大国と違い、同盟軍の立ち上げには、諸都市の合意が必要になる。わずか一日でその準備が整うわけもないし、実際、北辺都市群は抵抗らしい抵抗もなく陥落していた。ならば色々策を弄するよりも、最大速度で川を渡ってしまった方がよいと考えたのだ。

連合軍司令官は手綱を引きつつ、目を凝らした。

岸辺に巨大な親柱がそびえている。石造りの道が川の上を渡っていた。南北の街道を繋ぐ大橋だ。ひょっとしたら破壊されているかもと思っていただけに、安堵する。占領後の統治のためにも南北の大動脈は残しておきたい。戦利品の持ち帰りにだって、舗装路は必要なのだ。

視線を遠くに転ずる。対岸に敵影は……ない。

「やはり迎撃が間に合わなかった様子だな」

満足げにうなずいた途端、ひづめの音が近づいてきた。先発した騎兵だ。「ご注進、ご注進」と気忙しげに呼びかけてくる。下馬して膝を突くなり、困惑げな顔を向けてきた。

「敵が、ブランボルの軍が布陣しております」

「布陣？」

司令官は目をまたたいた。

「どこにだ」

「川の手前です。橋のたもとに物資を集めて、粗末な陣を築いております。総数は約五十」

「手前側……だと？」

顔を向ける。街道からは丁度丘の影になって見えづらいところだった。が、伸び上がるようにして確認すると確かに小規模な陣地があった。矢避けの盾が地面に立てられている。

「待ち伏せでしょうか」と傍らの参謀が声を上げる。司令官は「いや」と首を振った。

「にしては簡単に見つかりすぎている。物資まで集積しているなら、踏みとどまるつもりだろう」

「川というぅ防壁を捨ててですか？　たった五十の兵で？」

「〝背後の橋を燃やす〟というぅ用兵もある。が――無謀だな、確かに」

「自暴自棄になったのではないですか。危機に陥った烏合（うごう）の衆によくあることです」

「ううむ」

一瞬罠の存在を疑う。手頃な餌をぶら下げて、こちらの攻撃を誘う気かと。だが具体的に何ができるのかと考えると、皆目見当もつかなかった。よくある戦術は伏兵による逆包囲だが、それらを忍ばせる場所も物陰も見当たらない。

考えあぐねて参謀達に意見を述べさせる。自由な議論を許可してみる。

参謀達は口々に敵の意図を並べ立ててきた。

「落とし穴が掘られているのでござろう。攻め寄せた軍を落として、矢を射こむつもりかと」

「いえいえ、二千の兵を埋められる穴など掘りようもありません。あれはやはり死兵です。退路を断ち、武勇の底上げを図っているのです」

「単純に用兵の素人なのかと。きゃつらにとっても橋は重要な交易路。それを我らに奪われないよう、後先考えずに前進してきたのでは」

「……むぅ」

満足できる回答は出てこない。

司令官はしばらく瞑目していたが、やがてかっと目を見開いた。

「なるほど、分かったぞ。きゃつらの狙いが」

「おお、まことでござるか」

「うむ。東国の戦記にこのような話がある。とある王が合戦に敗れ、命からがら居城に逃げ帰った。迫る敵を前に、部下達は城の防備を固めにかかったが、王は言った。『城門を開け放ち、かがり火をたけ』と。さてこの王はどうなったと思う」

「はて、なだれこむ敵軍になます切りにされたのではないですか」

「違う。敵軍は罠を疑い、無理攻めを避けたのだ。既に勝利が決まり、余計な犠牲を出したくなかったこともある。敵は城を放置して、別の戦線に向かって行ってしまった。こうして王は九死に一生を得て、後に東方世界を統一することになる」

「なんと」

司令官は橋のたもとを示した。

「今回も同じだ。待ち受ける罠や伏兵など存在しない。きゃつらは奇想天外な行動を取ることで、我らが迷うこと、それ自体を狙っているのだ。攻勢が止まっている間に戦力を整えて、川の向こうに本陣を築く。つまりは時間稼ぎよ」

おおと兵達がどよめく。蒙を啓(ひら)かれたように視線を交わし合う者もいた。参謀の一人が

「それで」と身を乗り出した。

「どうされるおつもりで」

「決まっている。正攻法で踏み潰すまでよ。全軍前進！　損害を厭わず、きゃつらを蹂躙せよ！」

命令は指揮官から指揮官に伝達されて、全軍に広まっていく。ほどなく三大国連合軍、約二千は橋への進軍を開始した。

地面が震える。空気が鳴動する。迎え撃つ側から見れば、あたかも森が迫ってくるように思えただろう。まともな神経の持ち主なら一瞬で武器を捨てて逃げ出したはずだ。だが五十人の敵兵は驚くべきことに迎撃の動きを見せた。盾を構えて槍を突き出したのだ。

飛来した矢のいくつかが連合軍の兵士を打ち倒した。乗騎を射貫かれて落馬した騎士もいる。とはいえ四十倍の戦力差だ。全体の勢いが鈍ることはない。長大な陣形が橋のたもとに集っていく。あっというまに半円形の包囲陣が形成されて、その半径を縮め始めた。

「行け！　押し潰せ！」

にわか作りの乱杙を蹴倒し、土塁を乗り越えて、陣地の柵に取りつく。

さしもの敵兵もたまりかねたように後退し始めた。物資の樽や箱を残したまま、橋に向かって下がり始める。

連合軍の兵は我先に陣地へとなだれこんだ。ある者は一番槍の証を得ようとして、ある者は敵を追撃しようとして、またある者は戦利品をくすねようとして、狭い陣地を埋め尽くす。彼らの目にはただ勝利の二文字しか映っていなかった。だからだろう、〝それ〟が始まった時には、もう引き返し不能地点を大きく越えてしまっていた。

「あ？」

「な」

「え――」

音が歪んだ。

視界が明滅した。

身体が、得物が、鎧が、水にでもつかったように緩慢となる。足も、手も、眼球でさえまともに動かない。兵達は味方が何十秒もかけて、口を開けるのを眺めていた。もっとも眺めている側もまた、まばたき一つに何十秒もかけていたのだが。

永遠とも思える停滞を破ったのは、飛来する矢の雨だった。

橋の中ほどで踏みとどまった敵軍が、射撃を再開したのだ。そのうちの何本かは身動きできない味方兵を貫き、更に何本かが物資の箱や樽に突き刺さる。

凄まじい熱と炎が巻き起こった。矢のうちの何割かは火矢で、それが樽内の油に引火したのだ。もとより集積された物資などなく、詰めこまれていたのは可燃性の物質ばかりだった。だがそれに気づいた者も、警告の叫びさえ上げられない。口を開く間もなく焼き尽くされて、消し炭となっていく。阿鼻叫喚の地獄と化した陣地に、状況が分かっていない兵が次々と押し寄せてきていた。何人かは恐怖に駆られて回避しようとするが、すぐ後続の兵に押し潰される。そして時間がたつにつれて、密集した包囲陣のそこかしこで異常が起こり始めた。音が歪み、光が明滅して、隣の兵の姿が欠けていく――

「なんだ！　何が起こっている！」

司令官は恐慌も露わに叫んだ。わけが分からない。営々と蓄えてきた古今東西の戦史のどこにも、こんな状況は存在しなかった。参謀達の報告も混乱している。ある者は敵の伏兵ですと言い、ある者は反乱ですと言い、ある者は未知の魔術ですと述べた。状況を確認しようと伝令を飛ばすが、返ってくる答えはいずれも要領を得ないものばかりだった。

「あのぉ、ちょっといいべか」

いつの間にか、神聖トレスカ教国の兵卒が立っていた。盾も持たずに剣だけを佩(は)いている。兵卒はのんびりと首を傾けた。

「人違いだったら悪いんだども、司令官様で？」

「そうだ、何か用か」

苛立ちながら向き直る。兜の下に見える目は純朴そうで、教国の四角四面な印象とは随分異なる。地方の村から徴用されてきたのかもしれない。まるで、水車小屋か何かの徒弟を思わせる顔立ちだった。

兵卒は「あー、えーと」と頬を掻いた。

「なんて言うんだっけか。何度も秘書官殿さ教えてもらったんだども、難しくて忘れちまった。『注進』とか『急報』とか言って、ギリギリまで近づけって言われたども」

「何を言っている？　一体君は」

「まぁええが。どのみちやること変わんねぇし」

兵卒は無造作に近づいてきて、剣を抜いた。そして呆然としている司令官に切っ先を突き立てた。

悲鳴を上げる間もなかった。鋭い刃は彼の命を断ち切り、同時に連合軍の指揮命令系統をも破砕した。

オトマルは自分の見ているものが信じられなかった。

二千の軍団が崩壊していく。あたかも水をかけられた角砂糖のように、隊列のあちこちが崩れて霧散していく。

　正味の被害で言えば、おそらく総兵力の十分の一も失っていないだろう。だが彼らはもはや軍隊としてのまとまりを失っていた。恐怖と混乱に突き動かされるまま、我先に戦場を逃れようとしている。

「妖精（ヴィーラ）に化かされたみたいだ」

　つぶやき声にパブリナが「いいえ」と答える。彼女はオトマルと同様、戦場を見下ろす丘の上で騎乗している。片手で手綱をつかんだまま、器用に遠眼鏡をのぞいていた。

「妖精（ヴィーラ）のしわざでも魔神（ダベル）の奇跡でもありません。単純にこの世界の理（ことわり）を理解して動いたかどうかです。いくら切れ味のよい剣でも泥濘（ぬかるみ）に振るう馬鹿はいないでしょう？　彼らがやったのはまさにそれです。〝密度〟の限界がある世界に大軍を導入すればどうなるか、少しでも検証すればすぐ分かったはずです」

「いや、もちろん理屈は分かっているんだがね」

　数十倍の戦力差を覆せるとまでは思わなかった。

　周囲にいるのは護衛の衛士と連絡官が十名ほど、これに加えて橋の守備隊五十名と敵本陣襲撃用の決死隊数名。以上が味方戦力の全てだった。

　それでも勝てる、とパブリナは言い切ったのだ。〝重くなる〟現象を利用すれば数頼みの大軍など恐るるに足らずと。

作戦は単純だ。橋の入り口などの狭い範囲に敵を集中させて〝現象〟を起こす。パニックに陥った敵司令部を決死隊が突き、指揮命令系統を崩壊させる。あとはもう枯れ木に火をつけて回るようなものだ。わずかな流言、わずかな破壊工作で勝手に混乱の火が燃え広がり、自滅していってくれる。

全てはその通りに進み、戦いは終わった。ブランボル同盟軍は侵略者の攻勢を食い止めたのだ。

溜息をつく。肩の力を抜いた瞬間、今更ながら震えが込み上げてきた。もともとオトマル・メイズリークは英雄的な心根など持ち合わせていない。自分の命を賭ける恐ろしさに、ようやく意識がたどりついた。なんとまぁ、無謀なことを申し出たものか！　単身、無防備で敵陣に交渉を持ちかけるなどと。正気の沙汰ではない。本気で生きて帰れると思っていたのか？

だが、もう終わったのだ。

脅威は去り、平穏が戻ってきた。もちろん世界終了を防ぐ仕事は残っているが、それはそれだ。役場業務の延長でこなしていけばいい。ああもちろん、勝手に交易路の開削を進めた商会長には一言釘を刺しておく必要はあるが。

相好を崩して、兵達に向き直る。

「皆、よくやってくれた」

　万感の思いで告げる。

「危険な任務に協力してくれて心より感謝する。作戦は成功だ。橋の守備隊と決死隊の兵を呼び戻して帰るとしよう、我らの町、〈はじまりの町〉に」

「いや、だめですよ、何言ってるんですか」

　素っ頓狂な声にまばたきする。

　パブリナが怒ったように眉をひそめていた。

「え？　何？　だめ？」

「だめに決まってます。今の好機を活かさないでどうするんですか。メドヴィナは剣を折られただけで、まだ攻撃の意思を持っています。この機会に完膚なきまでに叩いて後顧の憂いを断たないと。戦いは始まったばかりですよ」

　は、始まったばかり⁉

　抗議の声を上げる前にパブリナが伝令を呼ぶ。彼女は短剣を抜くと、遥かな北の空を示した。

「追撃戦に入ります。最終目標は自由都市メドヴィナ評議会議事堂、敵軍の撤退に合わせてなだれこめば容易に城壁を越えられるはずです。全軍、前進！」

そこからしばらくの出来事は、オトマルの記憶にない。

何がなんだか分からないうちに、いくつかの戦いが起きて、歴史に残るドラマが生まれて、ことの帰趨が決したらしい。

気づけばブランボル同盟軍によりメドヴィナの城門は陥落、官庁街を占拠して、メドヴィナの首脳陣を人質に取っていた。

もちろん、相変わらず彼我の戦力差は圧倒的で、ブランボル同盟軍はメドヴィナ市内で孤立している。コブリハ連邦と神聖トレスカ教国は続々と援軍を送りこみ、オトマル達は脱出するにできなくなっていた。とはいえ、連合軍の側もメドヴィナの首脳陣を見殺しにはできないらしく、双方が入れ子状態で相手を包囲するという奇妙な膠着状況が続いていた。

*

そして今、オトマルはメドヴィナ評議会の議事堂に座っている。

高いドームの天井、壮麗なフレスコ画、煌びやかなステンドグラス。床に敷かれた絨毯は上質な羊毛で三ストーパ（約九十センチ）四方でも切り取れば、半月分の食事代になるだろう。まさしくメドヴィナの持つ富と歴史を象徴する景色だった。

（一体、なぜこんなことに）

　頭がついていかない。正面にはメドヴィナの首脳部に加えて、コブリハ連邦と神聖トレスカ教国の使節団が座っている。いずれも威風堂々として、一人一人が一国の王のようだ。対してこちらは辺境の町の長が一人、そこに秘書官と水車小屋の徒弟が従うのみ。双方武器なし随員二名までの取り決めとはいえ、あまりに見劣りする状況だった。どちらが攻めこんだ側か分かったものではない。

「それでは停戦協議を開始する。各々よろしいか」

　教国の使節団長が重々しく宣言する。場内の空気がぴんと張り詰めた。

　ごくりと息を呑む。

　これからどう振る舞えばよいのか、何を落としどころにすればいいのか、実のところまったく分かっていない。主に、三大国連合側が急な協議を持ちかけてきたせいだが、直前までパブリナがあちこち動き回っていて、話し合いの時間が持てなかったこともある。水車小屋の徒弟に至っては、物珍しげに場内の装飾を眺めている有様だった。心細いことこの上ない。

……。

「と、今までの私なら、恥も外聞もなく慌てふためくところだがね」

口角を歪める。パブリナの二の腕を肘で小突いてみせる。えい、えい、えいと。

「なんですか？　ちょっと、痛いです、やめてください、オトマル様」

「いやいや、分かってるんだよ。パブリナ、君が備えもなく敵中に孤立するわけがない。援軍が到着して逆包囲とか、あるいは既に一撃必殺の秘密兵器を持ちこんでいるとか、あるんだよな？」

「ありませんよ、そんなもの」

「え？」

「え？」

いや、いやいやまた、嫌だなぁ。

「そんな顔をされてもないものはないですよ。オトマル様だって我が軍の内情はご存じでしょう？　どれだけ兵を掻き集めても、ここの連合軍は包囲できませんし、都合のよい新兵器も持ち合わせていません。進軍速度を稼ぐために、弓矢の予備さえ節約したじゃないですか」

「し、しかしそれでは、どうするんだ。私達は何を武器に交渉に臨めばいいんだ」

「……」

「黙らないでくれ！」

「いえ、もう少し膠着状態が続くと思っていたんですが。誤算ですね。すみません」

素直に謝られて凍りつく。

冗談だろうと言いたいが否定の材料はない。彼女は常に説明不足だが嘘はつかない。援軍も秘密兵器もないと言うなら、本当にないのだろう。

え？　嘘、真面目に万事休す？

どうしてよいか分からずにいると、教国の使節団長が文書を取り上げた。

「我々からの停戦条件は単純だ」

朗々とした声が響く。

「ブランボル同盟軍は二十四時間以内に捕虜を解放してメドヴィナ市内から出て行く。その間、我々は一切手出しをしない。端境川で起きた戦闘の賠償、及び停戦境界線については日をあらためての協議とする」

「それは」

事実上の無条件撤退勧告だった。メドヴィナ中枢を押さえたこちらの優位がまったく反映されていない。さすがに抗議しかけると、使節団長は「いやはや」と機先を制してきた。

「よもや断るのではあるまいな？　自分達がどんな状況にいるか、分からないわけではあるまい。メドヴィナの首脳陣を人質に取った。で、それが我ら教国や連邦になんの脅しになる？　正直、自信満々で兵を集めておきながら、こんな醜態をさらす連中など、我々の手で切って捨ててもよいくらいだ。とはいえ、一度は盟を結んだよしみ、耐えがたきを耐えて貴様らとの仲介を買って出ているのだ。断るなら断ればいい。その時はメドヴィナもブランボルもまとめて我らの草刈場になるだけだ」

メドヴィナの首脳陣が呻く。が、文句を言える立場ではないのだろう。苦虫を噛み潰したような表情で押し黙っている。

そして呻きたいのはオトマルも同じだった。なるほど彼らが急に協議を申し出たのは、メドヴィナを切り捨ててもよいと判断したからか。三大国の力関係が崩れて、上下関係が逆転して、人質の価値が低下してしまっている。

まずい。ここまで強気に出られると交渉の余地がない。絶句が動揺の証と分かっていても、二の句が継げなかった。しばらくして紡いだ言葉は、どうにも弱々しいものだった。

「捕虜の解放後に、我々が攻撃を受けない保証は？　君らはメドヴィナの首脳陣を確保した瞬間、我々に襲いかかってもよいわけだ」

「確かに。だがそこを疑うならそもそも今日の交渉自体が無意味になる。どんな合意に至ろうと、我々は力ずくで覆してしまえるのだからな。貴様らの力のなさ、それ自体が保証の妨げだ」

「……」

「他に付け加えたい条件はあるかね？　聞くだけは聞いてやろう」

何も言えない。相手の無礼を咎める手札がない。

圧倒的な力関係にうなだれる。視線が床に落ちる。傍らのパブリナも沈黙したままだ。

かくなる上は致し方なし、まずは当座の安全を確保せねば——と提案を受け容れかけた時だった。

バタンと扉が開き、同盟の連絡官が入ってきた。小走りでパブリナに近寄り、耳打ちする。刹那、彼女の眉がぴくりと動いた。吊り気味の目が見開かれる。

椅子を立つ音が響いた。周囲の視線が集まる。小柄な秘書官は解き放たれた獣のように、傲然と議場を見回した。

「では申し上げましょう」

凛とした声が木霊する。

「無条件降伏なさい。今ならまだ被害を最小限に抑えられます」

場が静まり返った。誰もが唖然としたように彼女の顔を見つめる。かくいうオトマルもまばたきしてしまった。

「ぱ、パブリナ……？」

「無条件降伏だと！　よくも言ったわ！」

嘲笑が弾ける。教国の使節団長は凶暴極まりない目を向けてきた。

「一度や二度の勝利で増長したか⁉　なるほど、貴様らは奇怪な手品で我らを翻弄したかもしれない。だがもう奇術の種は割れている。『一定以上兵を密集させると場が〝重く〟なる』だったか？　ふふん。大兵力を集結させられないなら、何重にも陣を引いて相手を消耗させるまでよ。たった百や二百の兵で、我らの国境防壁が抜けるか？　抜いたところで首都を目指せるか？　馬鹿も休み休み言え！」

「まさしく。連邦の誇る〈渓谷要塞〉もぬしらを待ち受けておるぞ。海路で攻め寄せる気ならば、三内海の連合艦隊が相手だ。ぬしらにまともな航海術の心得があるならばだがな」

背筋が寒くなる。

想像以上に早く手の内がバレていた。確かに、連邦・教国との国境は自然の要害に阻まれ、数少ない街道も要塞や城壁で守られている。少ない戦力では突破できないし、かといって大戦力を投入すれば今度はこちらが〝重さ〟の犠牲になるだけだ。

先方の国土に踏みこめない以上、無条件降伏など飲ませようがない。先ほどの伝令が何を伝えてきたのか知らないが、いくらなんでもそこまで戦況を引っ繰り返せる話ではあるまい。仮に、本当に仮に何かの奇跡が起きて、メドヴィナ攻囲を解く援軍・新兵器が準備できたとしても、更なる戦線拡大にまで対応できるわけがない。ではなぜパブリナは先の発言をしたのか？　あえて強気に出て譲歩を勝ち取ろうとした？　切り札が残っていると装おうとした？　だとしたら逆効果だ。教国の使節団長はおろか、先ほどまで平静を保っていた他の使節も敵意を露わにしている。

「もういい！　一戦交えればいい。時間の無駄だ」

「もともとブランボル風情と同じ交渉の席についていることがおかしいのだ！　忌々しい！」

「気がすむまで再戦して国力の差を分からせてやるといい！」

高まる圧力を前に、だがパブリナは溜息をついた。救えないという風に肩をすくめる。

「な、なんだ貴様、その態度は！」

「神聖なる国家間協議を愚弄するのか！」

「愚弄？　いいえ、正当な評価ですよ。あなた方は自分達が負けた理由をまったく理解していない」

沈黙する議場に涼やかな声が響く。

「この奇妙な世界で必要とされるのは、常識に囚われない科学的思考、そして仮説から理論を導く想像力です。我々は〝重く〟なる現象から、発生の仕組みを見出し、それを戦術に応用した。対してあなた方は、ただ目にした戦術に対処しようとしているだけです。両者の違いが分かりますか？　それともこれも逐一説明しないといけませんか？」

「な、何を」

「簡単に言い換えましょう。我々の準備した手品が一つだとなぜ決めつけられるんです？我々が他の〝現象〟から戦術を用意していないのか、どうして想像力を働かせないんでしょう」

きょとんとした連合軍使節団の背後で扉が開く。教国の伝令が泡を食った様子で入ってきた。伝令は使節団長に走り寄ると耳打ちした。

「なっ⁉　本当か⁉」

続けて連邦の伝令も入ってくる。報告を受けるなり、連邦の使節の顔色も変わった。周囲の人間と額を寄せて話し出す。

「ど、どうしたんだ？　一体」

すがるような視線に、パブリナは眉をもたげてみせた。

「本国が攻撃を受けたんですよ。両国の主要都市、街道施設、軍事基地あたりが」

「は？」

一瞬何を言われたのか分からなかった。だが時間がたつにつれて驚愕が混乱を上回ってくる。オトマルは裏返った声で叫んだ。

「き、君がやらせたのか!?」

「他に誰の指示だというんですか。私以外に、適切な戦力を適切な場所に割り振れる人がいますか？　今の〈はじまりの町〉に。いるならもう少し楽もできるんですけど」

「だ、だがどうやって。我々の戦力で国境線の要塞や防壁が抜けるのか？」

「そんな手間暇をかける必要はありませんよ」

彼女は朝食の作り方でも説明するように淡々と続けた。

「〝虚空への扉〟について思い出してください。この世界の事物は、建物も空も地形も所詮は〈幽霊屋敷〉の書き割りにすぎないんです。そして客——冒険者から見えないところは、作りが粗くなって、場所によっては作られていないところもある。であればうまく境目を見つけられれば、山だろうと壁だろうとすり抜けられるんです。防壁だの要塞だの、わざわざ通りづらいところを目指す必要はありません」

「……」

「で、あらかじめそういう境目をいくつか見出して、私達の出撃に合わせて破壊工作部隊を送り出しました。彼らが今、敵領に侵入して暴れ回っているんです。先ほど攻撃成功の連絡が軍鳩を通じてありました。いや、本当は協議の開始前に成果を出してほしかったんですがね。ちょっとギリギリでした。さすがの私も冷やっとしましたよ」

「冷やっとどころじゃない！　心臓が止まるかと思ったぞ。というか君、備えなんてないと言っただろうに！　あれはなんだ、嘘か⁉」

「嘘じゃありませんよ。援軍や秘密兵器があるのかと問われたから、ありませんと答えただけです。オトマル様の訊き方が悪いんです。何か秘策があるのかと確認されたら、私も『それはまぁ』と答えましたよ」

「……」

呆然とするオトマルの横で、パブリナは視線を戻した。手を叩き、連合軍使節団の注意を引きつける。

彼らの目は化け物でも見るようなものになっていた。耳の痛くなるような静寂が落ちている。パブリナは目尻を下げて、奇妙に優しげな表情を作った。

「話を戻しましょう。我々からの停戦条件はただ一つ、あなた方の無条件降伏です。早く判断した方がいいですよ。今ここからでは、侵攻部隊に作戦中止の命令も出せません。故郷が灰と化したあとでは何もかも手遅れでしょう？」

＊

かくしていくつかの交渉を経た後に、四大国は統一された。

もとよりパブリナに領土的野心などなく、彼女は各国の統治機構を残したまま、世界的課題に関する指揮命令権だけを手に入れた。

政治体制としては、過去の文献も紐解き、帝政が選ばれた。複数の元首を統べるには、その上位者として新たな地位を設ける必要があったからだ。

皇帝。

皇帝オトマル。

メイズリーク朝の開祖たるこの人物は、本当に、本人の意思とは無関係に、なし崩し的に帝位を与えられた。ちなみに帝都は〈はじまりの町〉で、それは彼が町長職を兼任するためだったと言われている。

第四幕　世界終了まであと三十五日

六月十日午前九時

　未処理の決裁文書は塔のようにうずたかく積まれて、年代物の執務机を圧迫している。整理用の箱は久しく埋もれて見当たらない。確か左手が町長宛の書類、右手が皇帝宛の書類のはずだったが、疲れ目にはどちらも同じに思えた。一度など、大陸全土の街道整備費を町長名義で承認しそうになったこともある。その時は危ういところで気づいたが、へは

　少し手を止めている間にも十枚、二十枚、三十枚。

　五枚、六枚、七枚。

　書類が積み上がっていく。

じまりの町〉の財政が瞬殺されるところだった。

（一体なぜこんなことに）

最近めっきり口癖になっている言葉を、オトマルはつぶやいた。

見慣れた執務室をぼんやりと眺める。行き交う職員に視線を走らせる。漆喰塗りの壁には、先代町長達の肖像画に加えてオトマルの戴冠式の画が飾られていた。

〈はじまりの町〉の町役場――いや、正式には帝都皇帝宮殿と呼ぶべきだが――で、町長と皇帝業を両立している。全世界規模の課題を差配している。数ヶ月前には想像もしなかった境遇だ。未だに朝起きると『夢なのでは』と疑いたくなる。

だがどれだけ現実逃避しようとも、仕事は容赦なく迫ってくる。

陛下、謁見のお時間です。

町長、仕立屋ギルドと布屋ギルドの間で縄張り争いが起きています。

陛下、帝立幼年学校の視察日程をご決定いただきたく。

町長、商業区の水道に異物が混入したようで――

「いや、おかしいだろう」

今更ながら突っこみを入れる。

なぜ自分ばかり、責任を押しつけられているのか。なりゆき任せで突っ走ってきてしまったが、今の路線を敷いたのはパブリナだ。彼女こそ全人類の頂点に立つべきではないのか？　施策にしても作戦にしても全て彼女が立ててきたのだから。

百歩譲って、千歩譲って、自分の皇帝戴冠をよしとしよう。なぜ彼女の役職は〈はじまりの町〉秘書官のままなのだ？　こちらを皇帝に祭り上げたのなら、自分も宰相職くらい受け持つべきだろう。なのに私は知りませんよと言わんばかりの態度。自分は好き勝手やるから後始末だけよろしくとでも？　ふざけている。

　これは一度、はっきりと抗議するべきでは。そもそもオトマル・メイズリークはパブリナの上司なのだ。部下の不埒（ふらち）な行いを咎めるのは当然の務めだろう。

「がつんと言ってやる……がつんと、今日こそあの冷血秘書に」

「私がどうかしましたか？」

まばたきして視線を向ける。すぐ前にパブリナが立っていた。冷ややかな、冬の海を思わせる眼差し。全身の肌がぞわりと粟立（あわだ）った。

「ぱ、パブリナ⁉　いつからそこに？」

「オトマル様が『いや、おかしいだろう』と言っていたあたりですね。何か私にご不満でも？　お話があるなら、じっくりとうかがいますが」

「ない！　何もない！　気のせいだ！」

瞬時に気力が萎える。だめだ、さっぱり勝てる気がしない。議論どころか異議の申し立て時点で完敗しそうだった。

懸命な取り繕いにパブリナは「そうですか」と答えた。さして気にした様子もなく耳にかかった髪を掻き上げる。

「では私の方から。冒険者の集客施策について、今後どういう方針で進めるかご相談させていただきたく」

「方針？」

窓の外を見る。朝陽に照らされた目抜き通りは相変わらず混雑していた。冒険者達は忙しげに商店への出入りを繰り返している。

思わず首を傾げてしまった。

「何か問題が出ているのか？　一日あたりの訪問者数は順調に増えていると聞いているが」

「ええ、そうですね」

「旧教国・旧連邦の〈はじまりの町〉の改修も進んでいるのだろう？　結果、冒険者が分散して、〝重くなる〟現象も減っている。あと狩り場の整備が全世界に広がったおかげで、先に進める冒険者も増えているとか」

「はい、それもその通りです」

「じゃあ、何を今更話し合う必要があるんだ？」

瞬間、空気が唸った。

壁という壁、天井という天井を震わせて、天から声が降ってくる。

■事務局からのお知らせ
いつも「アクトロギア」をご利用いただき、まことにありがとうございます。MMORPG「アクトロギア」は七月十五日二十四時をもって全てのサービスを終了します。詳細は公式サイトをご覧ください。


「……これです」

パブリナは空を指した。眉一つ動かさずに向き直ってくる。

「我々の振興施策により、確かに冒険者は増えました。一冒険者あたりの滞在時間も長くなっています。ですが、世界終了の〝声〟は止みません。一週間に一度、決まった時間に流れ続けています」

「まぁ……確かに」

あまりにも耳慣れていたので、正直気に留めなくなっていた。市民も最初の頃こそ大騒ぎしていたが、混乱回避のために『問題ない』と言い続けてきたせいだろう、最近は話題にも上げなくなっている。オトマルは天井から視線を逸らして、椅子にもたれかかった。

「ただ──集客は好調なんだし、いつか止まるんじゃないか？　あるいは既に〝終了〟の話自体、なくなっていて〝声〟だけが惰性で流れ続けているとか」

「希望的観測は結構ですが、もう終了の日付まで一月近くになっています。もし本当に秒読みが続いているのならば、今手を打たないと手遅れになります」

　言わんとすることは分かる、分かるのだが。

「手を打つと言ってもな」

　膝上を指でタップする。

「君の仮説だと、〝声〟の関係者はこの世界の興行主で、客足が悪いから世界自体を閉鎖しようとしたんだろう？　で、我々は客足を増やすために、色々骨を折ってきた。この理屈自体がそもそも間違っていたと？」

「いいえ、理屈は間違っていないはずです。不振な商売を畳むのは、理性ある存在なら当然の行動ですから。相手が人であろうと神であろうと、それほど外れた振る舞いはしないはずです」

「だったら」

「考えられる可能性は二つです。まずは『〝客〟の定義が間違っている』、つまり〝天の声〟の認識している客が冒険者ではなく、別の存在だった場合です。この場合、我々は間違った相手を延々ともてなしてきたことになります。かなり致命的な過ちですが、幸いこの可能性は低いと思っています」

「なぜ？」

「世界に存在する事物のほとんどが、冒険者に向けたものだからです。武器・防具屋、宿屋、ギルド。いずれも一般市民や魔物には縁遠い設備です。それらがあえて〝書き割り〟として準備されている以上、客は冒険者で間違いないでしょう」

「ふむ……」

「なので濃厚なのは二つ目の可能性です。単純に『集客の規模が足りていない』」

「規模？」

パブリナはうなずいた。

「客数が百から二百に増えても、見こみ客が千人だったら、その出し物は失敗でしょう。我々は着実に常連客を確保しているのかもしれませんが、世界を作る投資は到底まかなえていないという話です」

「具体的にどのくらい足りていないと思うんだ？」

「分かりません。が、桁が一つ二つ違うと思っておいた方がよいでしょう。目標まであとわずかなら、さすがに例の〝声〟の内容も変わってくると思いますので」

「それは……無理だろう」

今の十倍、百倍に冒険者を増やせということだ。しかもわずか一月で。非現実的にもほどがある。

「だから方針をご相談したかったんです。残り少ない時間を何に使うべきか。優先順位をどうするか」

「と言われてもなぁ」

やるべきことは全てやっている。尽くせる最善は尽くしているはずだ。他に何ができるのかというと――

「実は一つ、気になることがあるんです」

堂々巡りする思考にパブリナの言葉が滑りこんでくる。オトマルは顔を上げた。

「気になること？」

「我々は確かに、冒険者の満足度を上げてきました。クエストを改修して、魔物の強さを調整して、町の作りを変えて、彼らの居心地をよくしてきたつもりです。ですがそれに気づくのは、実際に〈はじまりの町〉に来た冒険者だけですよね？」

「それは……当たり前だろう」

「当たり前です。だからこそ致命的なんです。いいですか、オトマル様が何か演劇を興行するとして、劇場を改修すれば客は増えますか？　劇さえ面白くすれば、自然と席が埋まりますか？　他に何もする必要はありませんか？」

ぱちぱちとまばたきする。

瞬間、はっとなった。脳裏に一つの単語が閃く。喘ぐような声が喉の奥から漏れた。

「宣伝」

「そうです。見こみ客にチラシを配り、呼びこみを行い、壁や掲示板に広告を貼る。この動きが我々にはすっぽり抜けているんです。〈幽霊屋敷〉のたとえに戻るならば、祭り会場は整備したものの、そもそも祭り自体に人を呼びこむ活動ができていないんです。これでは劇的な集客増など望むべくもありません」

「なるほど。分かった、分かったぞ」

身を乗り出す。

「要するに我々は口コミによる宣伝と、常連客の確保しかできていなかったわけだな？　だから客の増え方も元の閑古鳥を基本とした緩やかなものになる。我々のことを知らない多くの人々は、いつまでたっても我々の存在を知らないまま。訪問先の候補にも挙げてくれない。本当に当たり前だ。なぜ気づかなかったんだろう」

　やや興奮気味にまくしたてる。己の不明を恥じるとともに、そもそもの疑問が湧き上がってきた。

「だがそこまで分かっているなら、打つ手はあるだろう。宣伝すればいい。冒険者に向けて〈はじまりの町〉は、アクトロギアの世界はこんなに素晴らしいところですよと」

「どこで宣伝するんですか？」

　虚を突かれる。

　ど、どこで？

「それは——冒険者がいるところで」

「彼らはどこにいるんです？　森の中ですか？　山の上ですか？　それとも我々が見つけていない彼らの国や村があるんですか？」

　絶句するオトマルの目をパブリナがのぞきこんでくる。彼女は転向を迫る審問官のように、強い口調で宣言した。

「ええそうです。我々は冒険者がどこから来るのか、知る必要があるんです」

　取り急ぎ、市内の冒険者の動向を確認しようという話になった。

悲しいかな、誰か担当を任命するには、新たな決裁が必要となるので、パブリナと二人で見て回ることにする。

どのみち執務室にこもり続けて気も滅入っていた。パブリナのお墨つきで外出できるなら、もっけの幸いだ。あとのことはあとで考えよう。書類の山など知ったことか。そんなやけくそめいた思いで、皇帝陛下は自ら現地調査に乗り出した。皇帝とは。

最初に目をつけたのは、全身鎧の戦士だった。丁度狩りから帰ってきたのだろう。膨大な戦利品を背負い袋に入れている。経験上、冒険者は狩りやクエストが一段落すると、ふらりと姿を消すことが多いと聞いている。ひょっとしたらそのタイミングで自分達の村や町に帰っているのかもしれなかった。であれば、あとをつけることで労せず目的の場所を見つけ出せる。もちろん、彼らの故郷が近くにあるとは限らないが、遠方と分かれば、その時はあらためて追跡隊を組織すればいい。まずは手近な可能性を潰して回りたかった。

「とはいえ」

鎧の背中を見つめる。何気なさを装いながら、相手の一挙手一投足に集中する。

「実際問題、冒険者の村というのはどういうものなんだろう。普通の住民がほとんどおらずに、冒険者だけが肩を寄せ合って暮らしているんだろうか」

「そんな共同体が成立するとは思えませんが……そうですね、まともに考えれば、子供も大人もいて、様々な職業の人が暮らしていると思います。書き割りの外なわけですから、そこには私達が常識とする町の機能が備わっているんじゃないでしょうか」

「肉屋やチーズ屋、墓地に共同浴場といった？」

「ええ」

「かえって現実味がないな。この世界に長くいると、むしろ我々の常識が気のせいだったように思えてくる」

ふっと不安が過る。

記憶の中にある〈はじまりの町〉、自分の人生。それは本当にあったものなんだろうか？　ひょっとしたら書き割りは我々の外だけではなく、内にもあるのかもしれない。

〝天の声〟の関係者によって準備された、接客用の個性・人格。仮にオトマル・メイズリークという存在が作り物だとしたら、真の自分はどういう存在なのだろう。町の人々は、
傍らの秘書官は――

「なぁパブリナ、もしもの話だが」

「しっ、裏道に入りますよ」

気づけば人気（ひとけ）がなくなっていた。鎧の背中が路地に吸いこまれていく。こちらの声は聞こえないだろうが、念のためだ。口をつぐんで足を速めた。

視界の悪い裏通りだ。少しでも離されると容易に見失ってしまう。つかず離れず、緊張の糸だけは絶やすことなく追跡を続ける。

だからだろうか。「あ」とパブリナが言った時、しばらくオトマルは反応できなかった。

「オトマル様。オトマル様、まずいですよ。この道は」

袖を引かれてまばたきする。怪訝な表情で見返した。

「まずい？　何がだ？」

「行き止まりです。なので、あの冒険者が戻ってきてしまいます」

……。

「いかん」

周囲を見回す。細く曲がりくねった路地に分岐はない。確か行き止まりはこの先、六十ストーパ（約十八メートル）ほど行ったところだ。冒険者が引き返してくるなら、十秒ほどしか猶予がない。出くわしたらどうなる？　いきなり切りかかられることはないだろうが、怪しまれるのは間違いない。

どこか隠れられる場所はないか。植えこみの陰、玄関アーチのくぼみ、廃樽の後ろ。いやいっそ走って元の道を戻るか？　一目散に逃げる姿は十分不審人物だが、正面から鉢合わせするよりましだ。あるいは、あるいは、

「オトマル様、何か変です」

パブリナが道の奥を見つめている。わだかまる影をじっと睨んでいる。

「足音がしません」

「え？」

確かに、何も聞こえてこない。路地に響くのは自分達の息遣いだけだ。冒険者は何をしているのか。立ち止まっている？　行き止まりで？　なぜ？　追跡を察してこちらの様子をうかがっているのか。

十秒、二十秒、三十秒。

動きはない。痺れを切らしたようにパブリナが一歩踏み出した。路地の奥に向かって進み始める。

「お、おい」

「見に行きましょう」

「こっちからか？」

「こうしていても埒が明きません。相手が何か企んでいるにしても、主導権くらいは握っておかないと」

「いや、でもせめて衛士を呼んできた方が」

聞く耳を持たない。つかつかと歩いて行ってしまう。仕方なくあとに続いた。何かあったらすぐ彼女を連れて逃げられるように、全身の神経を尖(とが)らせながら。

角を曲がる。

袋小路と相対する。

刹那、パブリナの歩みが止まった。細い眉がわずかに震える。

「ど、どうしたんだ？」

先行されているせいで、オトマルの位置からは袋小路の奥が見えない。彼女はすっと腕を伸ばした。目から表情を消して、硬い声を響かせる。

「誰もいません。消えました」

冒険者が消える。

その事実は他の場所でも幾度となく確認された。平原の草むらで、城壁の角で、人混みの只中で。

少し目を離した隙にいなくなってしまう。まるで空気にでも溶けてしまうように、いたはずの場所から、いるはずの場所から、姿をくらましてしまう。

パブリナとの体験だけなら、あるいは気の迷いと思えたかもしれない。だが同じ現象は、後日あらためて組織した追跡隊も出くわし続けた。五回、六回、七回、八回と似た報告が届くと、さすがに偶然ともすませられなくなる。

「抜け道があるんじゃないか？」

全身鎧の戦士を見失ってから数日後。もう何度目かになる消失報告を受けて、オトマルはつぶやいた。執務室の机には相変わらず決裁書の山が積み上がっている。会話の内容といい、目の前の風景といい、あれから数日たったことが信じられない仕事の残り方だった。必然、返す意見も投げやりになる。

「〈鉱山都市〉に続く穴のような、冒険者だけが知っている隠し通路が、世界のあちこちに張り巡らされているとか」

パブリナは露骨に呆れた視線を向けてきた。

「そんなもの、とっくに調べていますよ。ありえません。だいいち我々は三国攻めの時に、地形の隙間を確認し尽くしたんですよ。世界規模の抜け穴があればとっくに見つけています」

「まぁ、そうだがね」

手の中のペンをもてあそぶ。揺れる羽根を見つめる。

「じゃあ今更だが転移や不可視の魔法でも使っているとか？　追跡を察して、姿を消しているとか」

「消えている冒険者には戦士や盗賊もいますよ。彼らは魔法を使えません」

「そこが我々の勘違いで、実は魔法を使える戦士・盗賊もいたとか」

「にしても、光や音などの詠唱の兆候がありません。無詠唱・無触媒の魔法術式をそこらの冒険者が気軽に使えているとでも？　さすがオトマル様。見当外れの発言をさせたら右に出る者はおりませんね」

皮肉にも返す元気がない。

ペンを置いてこめかみを押さえていると、扉が開いた。連絡係の職員が書類を持って入ってくる。

「陛下。本日分の陳情書をお持ちしました」

「緊急のものだけ取り分けておいてくれないか。今は過去分の処理で手一杯なんだ」

「大変申し訳ありませんが、全て緊急の印が押されています。陛下が放置されている陳情の督促が多く」

呻き声しか出なかった。

仕方なく書類を受け取って眺め見る。水道の整備要求、廃棄物処理の円滑化依頼、街道警備の増員依頼、冒険者の立ち入り禁止要請、冒険者の立ち入り禁止要請、冒険者の立ち入り禁止要請、冒険者の立ち入り禁止要請……

（ん？）

なんだ、この一連の陳情は。

冒険者の立ち入り禁止要請。

複数の町から出されている。旧連邦・旧教国の辺境都市、メドヴィナ、そして我らが〈はじまりの町〉。

内容はほとんど同じものだった。

住宅街の何もない場所を、昼夜を問わずに冒険者が行き交っている。迷惑だし気味が悪いので取り締まってほしい。一体、何を考えてあんなところを走っているのか。ひょっとして冒険者がたむろする不法な施設があるのではないか——

「オトマル様、これは」

気づけば横からパブリナが書類をのぞきこんでいた。皇帝宛の陳情を盗み見るなと言いたいが、今は建前に構っていられない。「うん」と〈はじまりの町〉からの陳情書を取り上げる。

「この線を当たってみてもいいかもな。消失の一件とは直接関係ないかもしれないが、彼らの住処(すみか)を特定する有力な情報だ。早速、調査隊を手配するとしよう」

十分後、オトマルはパブリナと一緒に住宅街を歩いていた。

言うまでもないが調査隊の手配には決裁書が必要で、その手間と時間をパブリナが許さなかったからだ。

結果、皇帝陛下が自ら現地調査をすることになる。皇帝とは。

「いやもう、君一人で調査すればいいんじゃないか？　町中の確認くらい、ささっとできるだろう。いちいち私を連れていかなくてもよくないか？」

パブリナは大仰に目を丸くした。信じられないという風に首を振る。

「これは驚きです。私はオトマル様の秘書官で、主の意思を体現する道具ですよ。道具に任せきりで主が惰眠を貪るとか、それで物事がうまく進むと思っているんですか？」

「き、君、普段は私の知らないところで、勝手気ままに動いてるじゃないか」

「それは既にオトマル様の意を汲み取っている事案だからです。今回はまだ謎の全体像が見えておりません。適宜の状況うかがいが必要なので、一緒に動いた方が効率的です」

相変わらずよく回る口だ。むっつり押し黙っているとパブリナは「あのですね」と向き直ってきた。

「別に嫌がらせで行動をともにしているわけではないですよ。先ほどの建前はともかく、今の世界の状況、危機感、課題、全てを理解されているのはオトマル様だけだからです。

何かあった場合に、一番意思疎通が速くて行動を預け合えるのが、この二人なんです。だからいちいち文句を言わないでください。書類の処理はあとで私も手伝いますから」

「ぱ、パブリナ……？」

意外な発言に二度見する。彼女は視線を合わせることなく顎を引いた。

「それに、少し妙な予感がするんです。このあと起こる出来事は、二人で見ておいた方がよい。でないと、今後のやりとりで意思疎通が難しくなるかもと」

「どういう意味だ」

「地図を見ましたか？　冒険者が行き交っていたという場所の」

「少し眺めただけだが……何かおかしかったか？」

「陳情書を見る限り、多い時には百人・二百人単位の冒険者が住宅街のどこかに入っていっています。ですがそんな人数を収容できる施設は、当該地区のどこにもありません。ひょっとして地下かと思いましたが、そのあたりの下層は例の鉱山迷宮です。商会の人間が大量に行き交っていますし、まったく気づかれないことはありえません。だとしたら彼らはどこに行ったのか」

「どこに行ったんだ？」

「分かりません。ただ、どうもここから先は我々の常識の及ばない領域に入っていく感じがします」

今以上にか、と呻きかけた途端、影が落ちた。

顔を上げてぎょっとなる。いつの間に近づいてきていたのか、巨漢の拳闘士がこちらをのぞきこんでいた。

感情のない目が見開かれている。首と肩だけが不自然なほど規則的に上下している。

「な……」

反射的に身構えかけて、袖をつかまれた。パブリナが「しっ」とたしなめてくる。

「動かないでください」

無限にも思える時間が過ぎた。首筋の汗がつぅと流れ落ちていく。いい加減に表情筋が限界を迎えかけた頃、冒険者が動いた。顔を逸らして路地の奥に駆けていく。

「なんだったんだ……」

全身の力を抜く。背中がじっとりと汗ばんでいる。

パブリナは路地の奥を見つめながら、オトマルの袖から手を離した。

「普段見かけない町の人間がいたから気になったんでしょう。要するに、ここから先は本来、我々がいないはずの場所ということです」

「それは……つまり」

「話はあとです。追いかけますよ」

無人の路地に足音が響く。見慣れているようで見覚えのない町並みを駆けていく。一分もたたないうちに妙だと思った。この道がこんなに長いはずがない。まっすぐ続いているわけがない。市域の広さを考えても、とうに外壁に突きあたっている頃だ。しかも周囲が徐々に暗くなっていく。まだ昼日中だというのに、どんどん闇が満ちていっていた。

空を見上げる。太陽の位置は変わっていない。が、まるで黒い布でもかぶせたように徐々に明度が失われていた。ぞわりとなんとも言えない不安が湧き起こる。

「パプリナ、何かおかしいぞ！」

「見れば分かります！　それより前の冒険者を見失わないように！」

「いや、本当に大丈夫なのか、このまま進んで！」

「知りません！　進んでから考えましょう！」

悲鳴を上げかけた瞬間、視界が暗転した。

……。

気づけば煉瓦敷(れんがじき)の床に尻餅をついていた。ランプの灯りが左右に揺らめいてる。天井の梁の影が不規則に濃さを変える。〈鉱山都市〉か？　と思ったが、壁や天井の造作は市中の建物に近い。

小部屋だった。背後には木製のアーチ扉。壁際にはキャビネットとかまど、床には地味な柄の絨毯。

たとえるならば、宿の一室といったところだろう。ただ窓はない。物音もしない。はて、さっきの路地からどうやってたどりついたのか、見当もつかない。少なくとも扉を開けてどこかの建物に入った記憶はなかった。

「ここは……」

立ち上がろうとして押し止められた。パブリナが片膝を突いている。顎だけで正面の床を示してきた。

怪訝に思いながらも視線を向けて、ぎょっとなった。黒い大きなものが床にわだかまっている。冒険者だ。先ほど追いかけていた拳闘士がひざまずいている。

顔を伏せているせいで、視線が合うことはない。だが存在を気取られてもおかしくない距離だった。振り向いたらどうする？　隠れる場所を探すべきでは、そう思っている間に目を疑う事態が起きた。

ぱっと冒険者の姿が消えた。

なんの前触れもなく、あたかも最初からそこにいなかったかのように、跡形もなく消失する。

あとにはただ敷物のくぼみだけが残された。冒険者の重みを示すわずかな痕跡。

「オトマル様、そこにいてください。扉の前に」

パブリナが立ち上がる。返事を待たずに、冒険者のいたあたりに歩いていく。

ひざまずいて床を確認した。掌で何回か敷物をなでて天井を見上げる。それから部屋の中をぐるぐると歩き回り始めた。

「な、何をしてるんだ?」

「不可視の魔法の線を潰しているんですよ。ひょっとしたら本当に無詠唱、無触媒で術式を発動させているのかもしれませんから」

壁際から一ストーパ(約三十センチ)刻みで、空間を検めていく。かまどをのぞきこみ、柱をさすり、キャビネットを開ける。冷や冷やしながら見守っていたが、何も起きない。

続けて彼女はオトマルの脇の扉を開けると外に出て行った。たっぷり五、六分ほどかけて戻ってくる。どこに持っていたのか、携帯用の方位磁針を取り出している。

「誰か私以外に扉を出て行ったりしましたか?」

「……してない。こちらの身体をすり抜けていったとかいうなら、話は別だが」

「そこまで疑い始めるときりがありませんね。まぁいいでしょう。確定です。彼らは、冒険者は消えるんです。何か抜け道や魔法を使い、行方をくらましているのではなく」

「消えて……どうなるんだ？　また冒険したくなったら、ひょっこり現れるのか。消えている間、彼らはどうなっているんだ」

パブリナは質問に答えることなく、視線を巡らした。深緑色の瞳にランタンの光が映りこむ。

「オトマル様、ここは一体なんだと思います？」

「あぁ？」

まばたきする。我知らず眉間に皺が寄った。

「分からんよ。というか町の中なのか、ここは」

「違うでしょうね。かまどから上を見上げてみましたが、空の欠片も見えません。先ほど来た道をもう一度戻ってみたところ、途中で方位磁針が明らかにおかしくなりました。距離や位置関係の感覚も無茶苦茶ですし、何か異世界の類いにたどりついたという方がしっくり来ます」

「異世界って」

とんでもない単語がさらりと出てくる。絶句するオトマルにパブリナは壁際のキャビネットを示した。

「あの中には冒険者の私物と思われる装備・道具が入っていました。多分ここは彼の倉庫なんです。持ちきれない装備を保管したり、整理したりするための空間」

「なんでわざわざ倉庫を異世界に設けるんだ？　我々の町はそこまで手狭じゃないぞ」

「冒険者が一人だけなら確かに。でも考えてみてください。彼らは何百人・何千人といるんですよ。全員が町中に倉庫を作ったら大変なことになります」

「……」

「おそらくですが、冒険者は各自一室、異世界にこの倉庫を持っているんじゃないでしょうか。そして先ほどの暗い道を進むことで、自動的に自分の倉庫に案内される。そう考えれば、我々が今までこの場所を見つけられなかったのも納得できます。我々は異世界に倉庫を持っていないから、同じ道を進んでも行きつく先がないんです。今回はたまたま、倉庫の所有者についていったのでたどりつけた――」

「いや、いやいや。ちょっと待った」

さすがに制止する。理論の飛躍についていけない。

「想像に想像を重ねすぎじゃないか？　異世界の倉庫に、持ち主を判別して行き先を切り替える道だって？　仮説にしても突飛すぎると思うが」

「でもありませんよ。いつもの〈幽霊屋敷〉のたとえで考えてみましょう。施設の入り口にクロークを設けて、客の荷物を預かるくらい普通にしますよね？　その際、施設の運営者は預かり証を発行して、番号だけで誰の荷物か分かるようにする」

「……」

「要は〝天の声〟の関係者が、客をもてなすためにどういう施設設計をしたかです。持ちきれない荷物の保管場所を準備してあげたいし、それを舞台の中に作れば興行の妨げになる。保管場所への行き来はなるべく楽にしてやりたい。以上を勘案すれば、私のお話しした仕様になるのは決しておかしくありません。むしろそうあるべきです」

理屈は確かに、正しいように思える。が、前提となる要素があまりにも難解だった。我々の世界は虚空に浮かんだ書き割り。で、虚空の外に別の世界がある？　両者はどうやって繋がっているのだ。それに、ああ、そうだ。何よりも気になるのは――

「結局、冒険者はどこに行ったんだ？　我々の世界から異世界に飛んで、そこからどうなったんだ。また別の世界に移動したとでもいうのか」

「いえ」

パブリナは静かに首を振った。考えこむように視線を落とす。

「そもそもどこに〝移動〟したとか、そういう考えが誤りだったのかもしれません。だって〝天の声〟の関係者は世界の創造主なんですから、我々の認識する世界・異世界の外側にいるはずなんです。だとすれば彼らがもてなす〝客〟もまた――」

声が途切れる。そのままいくら待っても言葉を続けようとしない。

オトマルは諦めて、部屋の中を見回した。

小さな異世界はしんと静まり返り、彼の疑問に答えようとしない。ただランタンの火だけが『考えても無駄だ』と言うように、左右に揺れ続けていた。

＊

結局パブリナは仕事を手伝ってくれなかった。

あの奇妙な小部屋を出るなり、『調べたいことがあります』と言って、姿をくらましてしまったのだ。結果、放置した仕事はまるまる負債として、オトマルの時間を食い潰していくことになる。新たな陳情は止む気配もなく、質量ともに難易度を増していった。どうやら旧四大国の首脳陣は厄介ごとの投げこみ先として皇帝陛下を選んだらしい。少しでも定形外の案件はすぐ直訴として持ってこられていた。

「ええと……で、なんだっけ？　魚が消えた？　強盗でも出たんだっけか」

小部屋探索から約一週間後、隣町の町長を前にオトマルは陳情の内容を確認していた。

大判の訴状には、ことの背景や関係者の名前がびっしりと書きこまれている。正直、全部は読んでいられない。小太りな中年の町長は不満そうに首を振った。

「違います、違います。何を聞いていたんですか。盗っ人じゃありません。魚がいなくなってるんですよ、山間（やまあい）の湖や端境川の上流で。以前からちょびちょび漁獲高が減っていたんですが、最近は本当に壊滅的です。漁師組合から商売あがったりだと詰め寄られているんですよ。なんとかしてください、陛下」

「なんとか、と言ってもな」

自然の営みにまで責任を持てない。自分は別に神や聖者ではないのだ。古代の聖典よろしく、言葉一つで四千人分の魚を産み出せたりはしない。

眉間を揉んで非難の視線を受け流す。

「何か思い当たる節はないのか？　天敵の害獣が増えたとか、近隣の町と漁獲制限で争っていたとか」

「ありませんよ、あったらこんなところに馬代を払ってまで来ていません」

「嵐や大雨で土砂が流れこんできたとか」

「ないです」

「上流で宅地の開発でも始めたとか」

「だからないですって」

分かった。どうしようもない、以上。

だが正論を返しても、相手は引き下がらないだろう。仕方なく鷹揚にうなずく。最終的な結論を先送りにしようと決める。

「了解した。現地を調査して必要な手を打つようにする。結果は追って連絡しよう」

相手はあからさまにほっとした表情になった。顔を明るくして鼻孔を広げる。

「ありがとうございます。では次の陳情ですが」

「まだあるのか!?」

「いや、ほんの三、四件です。頼みますよ。私も町の連中から突き上げられていて、手ぶらじゃ帰れないんです。同じ町長として分かるでしょう？」

「……」

「では手短に。三つ叉山の鉱脈が枯渇していまして、最近銀と銅の産出量が激減しているんです。鉱夫組合から商売あがったりだと詰め寄られていまして、なんとかなりませんか？　陛下」

——。

絵に描いたような無理難題を吹っかけられ続けて、気づけば午前の執務時間が終わりかけていた。気力体力ともに吸い尽くされて、もはや指一本さえ動かすのもわずらわしい。

だが執務室の外にはまだ陳情者が並んでいる。いずれも今日の午前の予約で来庁した者だ。時間切れだからといって、素直に帰ってくれる気がしない。

(逃げよう)

ただでさえ徹夜と欠食が続いているのだ。この上昼休みまでなくしたら、世界より先に身体が終わってしまう。手近な連絡官を「君、君」と呼び止めた。

「悪いが私がいいと言うまで扉を閉め切っておいてもらえるか。今から帝国の機密事項を処理するんだ。外の人達に漏れたら大変なことになる」

まだ若い連絡官は「はぁ」と見返してきた。

「誰も入れなければよいんですか?」

「ああ、帝国の一大事だからな」

連絡官は素直にうなずき部屋を出て行った。外のざわめきを扉が遮る。

ふぅと息をつく。素早く視線を走らせて、退路を確認した。この執務室には旧役場と同様、私室を併設してもらっている(あちらは虚無への扉の入り口だったが、こちらは正真正銘、普通の私室だ)。そこを抜けて窓から下りれば裏通りに出られるはずだった。いかに獰猛な陳情者と言えど、相手がいなければ仕事を押しつけられまい。私室の鍵をかければ更に発覚が遅れるはずだ。

荷物をまとめて、上着をつかんで、呼吸を整えた時だった。

情け容赦なく執務室の扉が押し開けられた。

「なっ⁉」

パブリナが立っていた。今まさに逃げようとしていたオトマルをきっと睨みつける。

「秘書官、困ります。陛下は今、帝国の一大事で」

追いすがる連絡官をパブリナは押し戻した。

「私の方が一大事よ」

扉が閉まる。呆気に取られた陳情者達が見えなくなる。彼女の眼光にただならぬものを感じて、オトマルは後じさった。

「いや、いや、本当にもう勘弁してくれ。掛け値なしにいっぱいいっぱいなんだ。これ以上、一つでも仕事を抱えこんだら死ぬ。死んでしまう」

「冒険者の正体が分かりました」

「だから仕事の相談はやめてくれと……なんだって？」

パブリナは室内を見回した。棚の上に視線を止めて「あちらを」と指さす。

「お借りしてもよろしいでしょうか。説明に使わせていただきたく」

「あれをか？」

子供用の操り人形の舞台ケースだった。以前に帝立幼年学校を視察した際に、生徒達から贈られたものだ。「構わないが」と答えると、パブリナはケースを卓上に移した。

カーテンが開く。

舞台の下側から女性の指人形が現れた。ベストにキュロット姿でどことなくパブリナを思わせる。人形は正面に向き直ると丁寧に一礼してきた。

「これが私達です。書き割りの世界に生きる役者達ですね」

続いて舞台の上から鎧姿の操り人形が下りてきた。糸に引かれて左手がくいと持ち上がる。

「これが冒険者です。書き割りの世界にやってきた観客達」

二つの人形が向き合う。生気のない目が互いを見つめた。

「さて、両者の違いが分かりますか？　見た通りに答えてもらえればよいです」

「違い？」

まじまじと舞台を見る。質問の意図がよく分からなかった。見た通りだって？

「指人形か操り人形かって話じゃないのか」

「ええ、それはそうです。ですがもっと本質的な違いがありませんか」

「……」

首を横に振る。パブリナは人形達を正面に向き直らせた。

「単純な話です。どちらも人形であることは同じですが、指人形には私の手が入っています。今は役場の職員の姿ですが、見た目が鍛冶師でも魔王でも理屈は同じです。中には必ず意思を持った存在がいます」

指人形が床下に消えて、鍛冶師の姿を持って再登場してくる。更に魔王の指人形に変身、最後にパブリナの手が現れて、左右に振られた。

続いて、つり下げられた鎧の戦士が上体を傾ける。

「対してこちらはどうでしょう？　人形の中には誰もいません」

人形の肩が動く。紐が引かれている。その先でパブリナが手板を持ち上げていた。もう一度見せつけるように手板を傾ける。人形の頭が下がる。更にもう一度、手板と糸の動きとともに人形の足が持ち上がった。

一体何が言いたいのか。彼女の手元を見つめ続けて、不意に固まった。まさか。まさか、ひょっとして。

「ちょ、ちょっと待てよ。じゃあ冒険者というのは」

パブリナはうなずいた。

「舞台の外の人形遣い、それが彼らの本質でしょう。だからまともな会話が成り立たないんです。舞台上でいくら人形が叫んでも、箱の外には届きませんから」

「根拠は？」

かすれ声で訊ねる。

「なぜそういう理屈にたどりついたんだ」

「色々傍証はありますが、何よりそう考えるとしっくり来るからです。この世界に彼らの住処が見当たらないこと、世界の創造主らしき〝天の声〟が、客として彼らを扱っていること、異世界の倉庫との行き来をなんの疑問もなく行えていること。例の人体消失現象にしても、あれらがただの人形だったのなら、容易に説明できます」

パブリナは手板を引いた。鎧の戦士は天井に吸いこまれて、舞台から消えた。言葉もないオトマルの前で、戦士が再び舞台に下りてくる。パブリナは静かに首を傾げた。

「ほら、簡単でしょう？」

何も言えなかった。

たっぷり十数秒沈黙してから、オトマルは呻いた。

「要するに我々は、本体の操る人形相手に延々と集客をかけていたということか？　相手が自分達と同じ人間だと、無邪気に信じこんで」

「ええ」

「連中——冒険者や〝天の声〟の関係者にしてみれば、ここはただのドールハウスだったわけか。飽きたらすぐに人形を引き揚げられる。もしくは家ごとゴミ箱に放りこめるような」

「かもしれませんね」

「なんてことだ」

世界が複数あるどころではない。自分達は茫漠たる〝外〟の領域に浮かぶ、ただ一個の舞台ケース、その中の一指人形にすぎないというのか。

とてつもない無力感が湧き起こってくる。今までやってきたことが全て無意味に思えてくる。

脱力して椅子に座りこんだ。

「なるほど。つまり万事休すということだな。冒険者の住処に宣伝・集客などかけられないと」

舞台ケースの外に働きかける術はないと――

打ちひしがれていると、パブリナは「は？」と首を傾げた。

「なんでそうなるんですか。わざわざ降伏宣言をしに、オトマル様を訪ねるわけないでしょう。暇じゃないんですから」

「え？　いや、しかし」

「調査が終わったので、次にどうするか相談に来たんです。彼らの本体の居場所が分かったんですから、あとは接触を試みるべきでしょう？　今の話のどこに当初の計画をねじ曲げる要素があるんですか」

「だ、だが、どうやって？　空をよじ登って〝外〟の領域に行こうとでもいうのか？」

「よじ登れるんですか？　オトマル様は」

容赦のない指摘に口をつぐむ。パブリナは鼻から息を抜いて、人形達を向き合わせた。

「そんなことをしなくても、もっと手っ取り早い方法があるでしょう？　人形遣いに我々の意思を伝える最良・最速の手段」

指人形が手を伸ばす。操り人形の頭上、天に続く糸をつかみ引っ張った。

手板ががくりと傾く。パブリナの手が引きずられる。

唖然とするオトマルの前で彼女は薄く微笑んだ。

「ほら、簡単でしょう？」

＊

青黒い湖水が山並に抱かれている。

流れこんだ水が淵にたまり、水草を揺らしていた。獲物を狙う鳥達がぴちゃりと着水しては飛び去っていく。初夏にもかかわらず、空気は冷たく澄み渡っている。時折、流れる雲が陽光を遮り、湖面の色をより一層深いものに変えていた。

(寒いな)

オトマルは馬上で襟元を押えた。吐いた息が心なし白くなっている。

〈はじまりの町〉から馬で三十分、六ミーレ(約十キロ)ほど離れたところにある湖沼だった。地元の人間は鱒池と呼んでいるらしい。名前の由来は言うまでもなく、鱒が取れるからだった。ただ他に見るべきものもないので、人通りは少ない。ここに来る途中もほとんど誰ともすれ違わなかった。

「目的地はここか？」

「はい」

パブリナが手綱を引く。馬を停止させて視線を巡らせた。

「冒険者を探してください。いるはずなので」

返事を待たずに下馬して、荷物を下ろし始める。仕方なくあとに続いて探索の準備を始めた。

「なんでこんなところまで来る必要があったんだ？」

操り糸を引っ張る話から、いきなり出発を促されたのだ。説明不足はいつものことだが、さすがに苦情を言いたくなる。

「冒険者なんか町中にいくらでもいるじゃないか」

糸を引っ張りたければ、よりどりみどりだろうと思ったが。

「彼らが大人しく私達の検証につきあってくれると思いますか？　見知らぬ町の人間にいきなり囲まれて、身体中をまさぐられるんですよ。逃げられるのが関の山です」

「ここの冒険者は違うと？」

「ええ、既に私が検証済みですから」

なんだってと目を剝く。だがパブリナは振り向かずに、緑なす湖畔へと下りていった。

「資源の枯渇の話を知っていますか？　最近、一部の地域で魚や鉱石が取れなくなっているという」

「え？」

「聞いていなければご説明しますが」

「……ああ、いや」

そういえば隣町の町長から陳情が上がっていた。パブリナの乱入前に、大小無数の厄介ごとともに持ちこまれたっけ。

「聞いている。確か三つ叉山の鉱山や端境川の漁場などで問題が起きているんだったな？」

「ええ、そのうちの一つがここ、鱒池です」

虚を突かれる。パブリナは視線を遠くにやった。

「鱒が取れなくなっているんです。以前は一日に六十リブラ（約三十キロ）の漁獲があったそうですが、現在はほぼゼロです。近隣の漁師の中には、廃業して湖を離れる者も出てきているようです」

「な、なぜそんなことに」

「誰かが取りすぎているからでしょう。十四しかいない漁場に二十人の漁師が押しかければ、それは釣れない者も出てきます。単純な算術ですよ」

「誰かって誰だ」

「だから冒険者です。我々が今探している」

反射的に見回してしまった。どこかに竿や網を持った集団でもいるのかと思ったが。

「いないぞ」

「そう簡単には見つかりませんよ。せいぜい二人か三人ですので」

「そ、そんな人数じゃ湖の魚を取り尽くせないだろう？　巨人の釣り師でもあるまいし」

「普通の人間でも取り尽くせますよ。二十四時間、一時も休まなければ」

はぁ？　と聞き返しかけた瞬間、足音が止まった。パブリナが指を伸ばす。

「いました」

茂みの向こうに人影が見える。若い……男だ。一目見て妙なシルエットだと思った。ごてごてした帽子をかぶっている一方で、上下は下着姿。武器や盾も携えていない。ただ無言で釣り糸を垂らしている。

「な、なんだぁ？」

釣り竿がしなる。何かがかかったらしい。男は竿を握りしめて後ろに引いた。

だがパブリナは気にした様子もなく、つかつかと歩み寄っていった。男の傍らに立って横顔をのぞきこむ。

「お、おい！」

「大丈夫ですよ。気づきやしません。今この冒険者は釣りしかできないようになっていますから」

「は？」

「〝BOT〟。事前の命令に基づいて仕事をこなすカラクリです。オトマル様に分かりやすく言うなら、ゴーレムのようなものですね。魔術師の術式により動作する魔法人形」

「ぼ、冒険者じゃないのか？」

「冒険者ですよ。ただ糸を操っているのが、意思を持った本体ではなく、カラクリの類いということで」

「……頼むからもう少し順を追って説明してもらえないか。頭が痛くなってくる」

悲鳴のような訴えに、パブリナは吐息を漏らした。表情を消して向き直ってくる。

「冒険者が装備を手に入れる方法はいくつかあります。店で買う、競売で競り落とす、魔物から奪い取る。あと、ほしいものは自分で作ってしまうという手もあります。すなわち加工ですね」

「加工……」

「よい装備を作るには、よい素材がいります。ですから鉱山や漁場・狩り場に赴き、採掘・猟をするんです。ただ、張りついてすぐに目的を果たせるなら誰も苦労しません。実際には、時間も根気も運も必要になる。冒険者にとって、ここでの活動が娯楽目的ならば、必要以上の忍耐は苦痛に他なりません」

「それは分かる。で？」

「だったら作業の部分は自動化して、成果だけ得ようと考えても不思議ではありません。そこでBOT――ゴーレムの登場です。意思のない人形ですから、いくらでも働かせられます。二十四時間、休むことも眠ることもなく」

竿が跳ねた。水面が揺れて、黒いものが泳ぎ去っていく。獲物に逃げられたのか。だが男はがっかりした様子もなく、すぐにまた釣り糸を投げ入れた。

「よくできている」

パブリナはうなずいた。

「釣りに特化させてるんでしょうね。少しでも多く釣果を持ち帰れるように武器・防具は最小限に。ただ、成功率を上げる装備だけは整えている。その帽子、わずかですが大物を当たりやすくするらしいですよ、旧コブリハ連邦製の魔道具だそうです」

「……」

「こんなものがあちこちに投入されていたら、それは資源も枯渇します。漁場も崩壊します。〝天の声〟的にも予期せぬ事態と信じたいですが、まぁその話はおいておきましょう。今の我々に重要なのは、昼夜を問わず、徹底的に調査できる操り人形が、目の前にあるということです」

「……あ」

愕然とした。今更ながらなんのために赴いてきたのかを思い出す。

「パブリナ、君、ひょっとして」

彼女はうなずいた。半裸の釣り師に向けて目を細める。

「はい、この一週間、彼らのもとで〝糸〟の存在を検証していました。最初は何をどうしてよいかさっぱりでしたが、昨日くらいにおおよその原理が紐解けました。オトマル様、私達は〝外〟とやりとりできます」

「ど、どうやって！」

「このあたりを触ってみてください。手を出して」

冒険者の頭上を示す。え、と怯(ひる)んでいると目で催促された。おっかなびっくり手を伸ばしてみる。指先が冷えた空気を掻き分けた。

――。

「何もないぞ」

「session_id:xxxxxxxx,channel_no:xxxx, sequence_no:xxxx ――」

刹那、爆発的なイメージが脳裏に弾けた。無数の文字が、音が、画像が五感を埋め尽くす。世界が歪み、足元の感覚が消失した。天地が反転して身体の制御が利かなくなる。流星の雨、嵐の轟音(ごうおん)、火と鉄の匂い――

「うわわわわわ！」

尻餅をついていた。周囲は……元の湖畔だ。一歩も動いていない。だが頭の中ではまだ火花が散っていた。目の奥がずきずきと疼(うず)いている。

「な、なんだ今のは？」

「〝糸〟を伝う信号ですよ。〝外〟の存在は今のやりとりで冒険者を操っているんです。同時に冒険者が見聞きした内容を吸い上げてもいます」

「し、信号だって？　それは一体――」

「難しく考える必要はありませんよ。たとえば私とオトマル様が紐の両端を握り、一回引っ張ったら食事、二回引っ張ったら就寝と決めれば、それも立派な信号です。〝外〟の人達はもっと様々な規則を設けて、扱える情報を増やしているんです。それこそ目で見た景色や音・手指の感触に至るまで」

「そんなものを……君はどうやって」

「ひたすら観察して、法則性を見出して、いくつかのやりとりに相乗りしただけです。意味のある信号が返ってきたら当たり、なければ外れという感じで」

さらりと言っているがとんでもないことだった。異国の言語を一週間で解読したと言うようなものだ。かかった手間と試行錯誤の回数を想像して慄然とする。だが、今更ながら根本的な疑問が湧き上がってきた。

「あー、確認なんだが」

「なんでしょう？」

「〝糸〟というのは冒険者と人形遣いを結ぶものなんだよな？　ということは、いくら

〝糸〟を伝って信号を送れるようになっても、受け取るのはその人形遣いだけ――という ことにならないか？　我々の目的は〝外〟のまだ見ぬ顧客に働きかけることで、すでに冒険中の者とやりとりしても仕方ないと思うが」

パブリナはやや驚いた顔をした。眉を上げて、うかがうように見つめてくる。

「なんだね、その反応は」

「いえ、オトマル様にしてはよいところに気がつかれたので、偽者にすり替わったのかと思いまして」

「失敬だな君は！　的を外せば馬鹿扱い、的を射れば偽者扱いとは――」

「ご質問に答えますが」

「人の話を聞け！」

「ご質問に答えますが」

「……」

パブリナは平然と説明を続けた。

「ご懸念いただいた点は確かに私も気にしていました。ですが問題ありません。〝糸〟は冒険者と人形遣いの間だけでなく、人形遣い同士も繋いでいるんです。一つでもたぐれる〝糸〟があれば、あまねく〝外〟の領域に私達の言葉を届けられます」

「人形遣い同士を繋ぐ……〝糸〟だって？」

なんのためにそんなものが準備されているんだ。さっぱり分からない。分からないが、パブリナは当惑を気にした様子もなく、冒険者に向き直った。

「〝糸〟を伝う信号については、解析を続けているものの、まだ不明なものが多いです。ただ、私達の目的達成の鍵となる単語はいくつか発見できました。特に〝実況〟と〝SNS〟という二つの要素は現状打開の鍵になると思います」

「それは……なんだろう」

「私達の行動を記録して、それを様々な人に報せる仕組みです。書籍に動く絵や音が載ったものとでも言いますか。とにかく、私達の言葉を、活動を、〝外〟の存在に知らしめることができます」

「絵物語みたいなものか？」

「近いですね。あれの扱える情報が数千倍になったものと思ってください。詳しい説明は省きますが、冒険者が繋がっている〝糸〟の手板――〝外〟の用語ではクライアントやコンソールというようですが、そこには冒険者の見聞きしたものを記録する機能が備わっています。記録された情報は実況動画――動く絵物語として、SNSという集会場のようなものに掲載できます。あとは〝糸〟を通じて、皆が見に来てくれるのを待つだけですね」

「見に来てくれるのか？」

不安も露わに訊ね返す。理解が及べば及んだで次の疑問が湧いてくる。

「なるほど、外に連絡できそうということは分かった。ただ、私達がアクトロギアで何かの劇を宣伝するとして、どこかの集会場で呼びこみをしても、なかなか効果は上がらないだろう。そもそも集会場に来てくれるかも分からないし、来てくれても、せいぜい数十人というところだ。本当にそんなやり方で効果はあるんだろうか」

「集会場というのはもののたとえです。実際には我々には想像もつかないような、集会・公演の仕組みがあると思ってください。ざっと調べてみましたが、動画の中には百億の閲覧回数を誇るものもあるそうです」

「百億⁉」

信じられない数字だった。天の星だって、そこまであるか分からない。

「な、何かの間違いじゃないのか」

「間違いではありません。事実私が調べた範囲でも、数百万・数千万の閲覧回数は普通に確認できました。我々の実況動画が真に魅力的なものなら、この世界を救うに足る客数を集められるはずです。いいですか、真に魅力的なものならです」

気圧されるオトマルに、パブリナはまっすぐな視線を向けてきた。

「ここからがご相談です。まず第一に、〝糸〟のやりとりを解析する要員を手配してください。数学者や言語学者、暗号学者を各国から百人、名簿はこちらで作成します。人海戦術で未解明のやりとりを分析して、二週間以内に実況動画の公開準備を整えてみせます」

「それは……構わないが」

「第二に、これはオトマル様個人へのお願いです。実況動画の脚本を書いてください。数百万、数千万、いえ数億人の耳目を集めるようなものを」

「……なんだって？」

予期せぬ依頼に呆然とする。反射的に後じさってしまった。

「わ、私に書かせるのか？　この世界の行く末を左右するような脚本を」

「ええ。ギルドのクエストでもやっていただけましたよね？　同じ話です」

「いや、いやいや」と首を振る。心臓が早鐘のように打っていた。

「さすがに無謀だ。私は趣味で演劇を嗜（たしな）んでいるにすぎない。君の言うような大舞台にはもっと相応（ふさわ）しい脚本家がいるはずだ。それこそメドヴィナや旧教国の首都で活躍しているような」

「そんな人達が〝外〟の話を理解できると思っているんですか？　冒険者の正体を今すぐに受け容れられるとでも？」

パブリナの眼光は鋭かった。心の奥まで突き刺す勢いで続けてくる。

「想定顧客を見極めずに作られた脚本など、ゴミ屑同然です。私達には何度も試行錯誤をしている時間はないんです。世界終了まであと二十五日。一切の回り道なく目的に突き進まなければいけません。そのために必要なのは、世界のありかたと冒険者の正体を誰よりも知る脚本家です。もしあなた以外にその条件を満たす方がいるなら、是非仰ってください。頭を床にこすりつけてでも助けを請いに行きますから」

覚悟が伝わってくる。ひりつくような思いが弱気を揺さぶる。

ややあって、呻き声が漏れた。拳を握りしめて足元を見下ろす。

「私に……できるだろうか」

「少なくとも私にはできません。他の人選についても、先ほどお話しした理屈で困難でしょう。消去法でオトマル様しか残っていないという状況です」

「『できる』とは言ってくれないんだな」

苦笑が漏れた。だがまぁ、下手に気休めを言われるよりはマシだ。分かった、要するに自分でだめならどのみち世界はおしまいというわけか。ならばもう選択の余地はない。

無言のうなずきで応諾を示す。深呼吸して思考を巡らした。

「ただ、実際問題、どういう脚本を作るかだな」

「〈鉱山都市〉のような物語を作ればよいのでは？　我々の世界で待ち受ける冒険や出会いを訴えてみれば」

「いや、だめだ。多分それでは何も起きない」

怪訝そうなパブリナから視線を逸らす。足元の石を一つ拾い上げてみせた。楕円形の表面に綺麗な波紋が見える。

「君、この石を宣伝しようと思ったらどうする？　どんな売り文句を考える？」

「はぁ」

パブリナは眉根を寄せて石を睨んだ。

「模様が綺麗ですね。色も鮮やかな深緑で」

「『自然が織りなす匠(たくみ)の縞模様(しま)。濃緑の清流をあなたの胸元に』とか？　まぁ真っ当な宣伝文句ではあるな。ただ見てごらん。似たような石が一体どのくらいあるか」

湖畔の地面を示す。パブリナは視線を落として唸った。よく探すまでもなくそのあたりの石はほとんど似た特徴を持っていた。

「〝外〟は広大だ。多分、この世界は取るに足りない小劇場の一つなんだろう。数多(あまた)存在する競合が皆、自分達こそ最高だ、魅力的だと叫べば、客は間違いなく判断の材料を失う。結果は埋没だ。折角君の準備してくれた発表の場もただの物置に終わる」

「では、どうすれば」

「そこが悩ましいところだ。時間と金が無限にあれば、他を上回る力作にもできるんだろうが」

残念ながら自分達にはどちらも不足している。仮に持ちうる資源の全てを投入したところで、競合を圧倒できる保証はなかった。そもそも〝天の声〟の関係者が、この世界にいくら投資したかも分かっていないのだ。ひょっとしたら目を覆いたくなるような低予算かもしれない。ならば規模で戦うのは明らかに悪手だった。

パブリナが手を上げる。

「特典をつけるのはどうですか？　この動画を見てやってきた冒険者には特種な装備・報酬を渡すとか」

「特典に釣られた一見客が増えるだけだ。過去に素人劇団で試みて失敗したことがある」

「歌や踊りを入れてみる」

「歌と踊りだけ見て肝心の劇場には来ない。過去に素人劇団で試みて失敗したことがある」

「いっそ、宣伝であることを隠してみては？　実話のように装えば、そこそこの虚構でも目を引けると思いますが」

「そういう『実は宣伝でした』というのが一番反発を喰らうんだ。過去に素人劇団で試みて大失敗したことがある」

「……失敗しすぎじゃないですか？」

まったくだ。今更言われるまでもなく、オトマル・メイズリークの生涯は挫折と後悔に満ちている。とはいえ、人生とは畢竟そういうものだろう。常に前進して成功し続ける展開などありえない。どうしようもない逆境に押し潰されて、そこからなんとか光明を見つけ出すのが現実だろう。演劇だってそうだ。無敵の英雄よりも、市井の凡人が無理難題を解く方が面白いはずで——

……。

ん？

「どうしたんですか？　オトマル様。詐欺と物盗りと焼き討ちに同時にあったような顔をして」

ひどい言い草だ。だが怒るより前に、今の閃きに意識が取られていた。

かかる時間と手間、実現可能性を検証する。いける、穴はない、ないように思える。仮にあったとしても他の案よりははるかにマシに思えた。

顔を上げる。訝しげなパブリナと向き合う。

込み上げる興奮を抑えながら、オトマルは声だけは淡々と宣言してみせた。

「我々の集客活動自体をネタにしてみるのはどうかな？」

＊

■宣伝劇『はじまりの町がはじまらない（仮題）』企画案
冒険者の出発の地、〈はじまりの町〉には閑古鳥が鳴いている。

魔物は強すぎ、クエストは退屈、町の作りは不便すぎ。見捨てられるのも当然なこの町に、だが「このままでは終われない」と立ち上がる者がいた。

人柄特化のやさぐれ町長、頭脳明晰毒舌秘書官、お金大好き商会長。それぞれ思惑も利害も異なる者達が、未曾有の危機に集結する。果たして彼らの努力は実るのか。そして冒険者は〈はじまりの町〉に戻ってくるのか。崖っぷちの町起こし物語、今開幕。


「照明こっち！　群衆役の人達、準備を始めてください。左手から右へ。はい、そこ、観客は線からはみ出さないでください！」

〈はじまりの町〉、正門前広場にパブリナの声が木霊する。

昼下がりの市街は人いきれで満ちていた。噴水を利用した舞台の周りに照明や出演者が配置されている。冒険者が数名、棒立ちになっているのは劇を記録するためだろう。例の採掘用BOTを、何体か制御下に置いて連れてきたのだ。武器も装備も持たずにじっと噴水を見つめる様は異様極まりない。が、その場に特段気にする者はいない。演者はこれから始まる芝居に集中していたし、野次馬は息を呑み舞台の開演を見守っていた。

「場面4！　『正気に戻って混乱する群衆』、始め！」

途端に走り出す群衆役、悲鳴と怒号があちこちから上がる。砂塵が舞い上がり大気を薄茶色に染めた。

オトマルは一歩離れて状況をうかがっている。既に台本はできあがり、脚本家の出番はない。とはいえ、舞台のできが気になるのは止められなかった。脳内の構想が現実化するのは、いつだって刺激的だ。これればかりは何度作劇しても慣れることはない。食い入るように演技を見つめていると、隣で靴音が響いた。

「君はまったく奇天烈なことばかりするな」

小太りな男性が並んでくる。猪めいた顔が歪んでいる。商会長だ。ぎょろついた目が恨めしげに見つめてくる。

「エスエヌエスに公開するジッキョウドウガのサツエイ……だったか？　何度聞いても意味が分からん。君は分かってるのか」

いる。

「そんなものに商会の人間を半分貸し出せとは、昔の私なら絶対に応じなかったところだ」

舞台周辺の作業者はほとんど商会員だ。持ち寄った装飾や資材も、商会の供出を受けている。

「……いや、正直私も完璧には」

「感謝しています。商会長。この度は色々と無理を聞いていただき、ありがとうございました」

オトマルは頭を下げた。

「言葉などいらん。礼は金で寄こせ——と言いたいところだがな」

下唇を突き出す。鼻孔から長い息が漏れた。

「どうにもな。何が正しくて何が間違っているのか、分からんくなってきた。もしあの秘書官の話が真実なら、もうすぐこの世界は綺麗さっぱりなくなるんだろう？　儂の築き上げてきた富も信用も一夜にして消滅する。だとすれば目先の金をケチってなんになると思えてきてな」

「いただいた恩義には報いますよ。この試みさえ成功すれば何倍にも、何十倍にもして」

「成功するのか？　必ず？　確実に？」

うかがうような視線に口をつぐむ。瞳が暗い。生半可な気休めなど吸い尽くしてしまいそうなほどに、その目は乾き疲れ果てていた。

　商会長は肩を落として広場に向き直った。

「もういい。どのみち潮時だと思っとったんだ。このサツエイだかなんだかが終わったら、儂は引退する」

「それは――」

「端境川の戦いぐらいからずっと考えとった。儂は一代でこの商会を大きくしたと自負してきたが、それがただの役柄・設定にすぎないとしたら？　本当の儂は何一つ実績を残していないとしたら？　どう考えてもただの道化だろう。自尊心が高くて頭も硬い分、いっそ害悪かもしれん。だったらさっさと引退して、頭の柔らかい若手に道を譲った方がマシだ」

「商会長」

「心配するな。乗りかかった船にはつきあってやる。たとえ続く結末が世界の終わりであろうとな」

　背中が丸まっているせいだろう。年齢以上に年老いて見える。オトマルはしばらく彼の後退した額を眺めていたが、ふっと思いついた。

「乗りかかった船というのは果たしてどこ行きなんですかね？」

「ん？」

「いえ、終着点が我々全員の平穏な日常だとしたら、まだまだ商会長は下船できないなと思いましてね。集客が一度成功した程度では、いつまた世界が閉店しかけるか分かりません。商売とは基本、終わりのないものですから」

「……そんな先のことなど考える余裕もないわ」

　商会長は苦笑して「だがまぁ」と目を細めた。

「確かに次の商いを考える必要はあるな。冒険者が爆発的に増えて、金の流れが潤沢になったら、今までありえなかった商売も出てくる。資金の融通自体の商品化、各国の素材調達網の統合、大量消費を前提とした大量生産・大規模投資――」

　オトマルはにんまりと笑った。

「さすが商会長、是非その調子で末永くおつきあいいただければと」

「ぬかせ。全ては君の田舎芝居がうまくいったらの話だ。空手形で人の頭を使わせるんじゃない」

「分かっていますよ。続きは危機が去ったあとにゆっくりうかがいましょう。報酬の話も含めて」

　軽口を叩き合っていると、パブリナの声が響いた。吊り気味の目を一層吊り上げてこちらを睨みつけている。

「次、場面８！　『町長VS〈はじまりの町〉商会』、オトマル様と商会長、何のんびりしているんですか。出番ですよ。準備してください！」

オトマルは商会長と顔を見合わせた。肩をすくめて舞台に向かう。少なくとも今しばらくは船の歩みが止まることはなさそうだった。

＊

その一週間後、オトマル達の作った実況動画はＢＯＴの冒険者を通じて〝外〟に拡散された。

閲覧数は最初の方こそ振るわなかったものの徐々に増加、〝ねっとにゅーす〟なるもので取り上げられたのを機に、爆発的に増え始めた。曰く『関わっているプレイヤーが多そうな割には、作者の素性が一切不明』、『ＮＰＣを自由自在に動かす神編集』、『ひょっとして公式の自虐マーケティング？』——何を言っているのかまったく分からないが、その説明は想像以上に潜在顧客の好奇心を刺激したようだった。遅れて大陸の各地に冒険者が出現、繁華街や優良狩り場が〝重く〟なり出す。たまりかねた各自治体が分散を呼びかけるも、それを上回る勢いで新しい冒険者がなだれこんできた。

三千人、四千人、五千人。

もはやどこに行っても冒険者の姿を見ない場所はない。彼らは岬の突端、洞窟の奥、絶海の孤島。あらゆるところに現れた。一人冒険者を見たら百人いると思え。人類絶滅後、最後に生き残るのはネズミと冒険者だというジョークもこの時生まれた。

五万人、六万人、七万人。

役場の業務がパンクする。資源が枯渇する。狩り場で冒険者同士の争いが起きる。

十万人、二十万人——三十万人。

七月九日、いつもの時間になっても〝天の声〟は聞こえてこなかった。不安そうに空を仰ぐ市民達の耳に、ただ風のざわめきだけが届く。

しばらくたって『どうやら世界は救われたらしい』と誰かがつぶやいた。

予告された終末の日、実にその六日前のことだった。

第五幕　世界終了まであと――

七月二十二日午後七時

広いホールにワルツの調べが流れている。

シャンデリアに照らされた式典会場は、贅を尽くしたものだった。大理石の柱、天井いっぱいに描かれた風景画。壁面には金のレリーフが施されて、燭台の灯りを照り返している。

行き交う人々の姿も、また部屋の調度に劣らず優雅なものだった。刺繡の施されたウェストコートに草花模様のブリーチズ、造花のあしらわれたガウンにペティコート。女性の中には頭よりも大きな髪飾りをつけている者もいる。グラスのぶつかる音、お喋り、笑い声、全てが渾然一体となって宴の場を盛り上げていた。

「皇帝陛下におかれましてはご機嫌麗しゅう。メドヴィナ評議会の使節にございます」

老境の高官がうやうやしく挨拶する。オトマルは杯を携えたまま、「ああ、はい」と一礼した。

「どうも、わざわざこんな辺境までご足労いただきありがとうございます」

「何を仰いますやら。世界救済の儀を無事成しとげられて、我々メドヴィナ市民一同、感謝と畏敬の念に打ち震えております。どうぞ今後とも我らをよき道へお導きいただけますよう」

「はぁ」

戸惑い気味にこうべを垂れる。

かけられる言葉が壮大すぎて、どう反応すべきか、どんな表情を作っていいか分からない。やむなくうやむやな相づちを打ってみせる。

「そこはまぁ、やれる範囲で」

「のちほど商人組合の者もご挨拶にうかがわせます。帝都の商会ともよい関係を築いていきたいので、何卒お口添えいただければと。こちらはつまらないものではありますが――」

袖口からずっしりと重い菓子包みが出てくる。中から黄金色の光が漏れている。オトマルはのけぞり気味に目を剝いた。

「や、いや、困ります。役場の規則で利害関係者からの贈答品はお断りしているんです。必要な便宜は図らせていただきますので、どうぞお気にせず」

「いやいや、そう仰らず。役場の規則などと、何を皇帝陛下ともあろうお方が」

「いやいや、町会の監査は本当に厳しいので、ご勘弁を」

山吹色の焼き菓子をようやく押し返すと、今度は別の来訪者がやってきた。祝意を述べたかと思えば先ほどと同様、袖の下を渡そうとしてくる。表向き愛想よく断りながら、オトマルはなんとも居心地の悪いものを感じていた。

(落ち着かない)

そもそも周りの華美な雰囲気に馴染めなかった。帝都に相応しい迎賓館をと、商会の施設を借用したのだが、ここまで豪華なものでなくてもよかったと思う。何より本来、この宴は『実況動画の打ち上げ』のはずだったのだ。それがあれよあれよという間に規模と目的が大きくなり、『世界救済について皇帝陛下に祝意を伝える会』になっていた。おまけに来客も動画作成の関係者ではなく、各地の高官が主となっている。話が違うと叫びたくもなった。

一体なぜこんなことに？　理由は明らかだ。そう——

「わっはっは！　どうした町長、陰気な顔をして。もっと楽しまんかい！」

　平手で背中を叩かれる。つんのめった拍子にウィッグが落ちそうになった。渋面で振り向くとことの元凶がいた。

　装飾の施されたガウンに羽根飾りの帽子、指を彩る大振りの宝石。強欲が服を着て歩いているような姿は、まさしく商会長だ。動画作成時の意気消沈ぶりはどこへやら、すっかり生気を取り戻していた。

　赤く染まった丸鼻をひくつかせて、商会長は会場を見回す。ごふっと漏れた息はどことなく酒臭かった。

「まったく入れ食いもいいところだ。皇帝の威光と世界救済の実績をもってすれば、どれだけでも資金が集められるぞ。あえて口説かんでも、向こうから商売を持ちかけてくる。笑いが止まらんわ」

「はぁ」

　無理矢理浮かべた笑みは、どうにも微妙なものだった。

「お元気になられたようで何よりです。ただ飲酒はほどほどになさった方がよいのでは？　もうよいお年なんですし」

「何？　誰が年寄りだ。馬鹿にするんじゃない。儂はまだ二十年、三十年は現役でいくぞ。

酒も肉もどんとこいだ」

「……」

本当に極端な人だ。〝天の声〟が消えるなり活力を復活させて、商会の売り上げ倍増にいそしんでいる。この宴にしたって、祝賀会にかこつけて儲け話を探したいのが見え見えだった。

呆れ顔をどう受け取ったのか、商会長は酒臭い顔を寄せてきた。周囲をうかがい、声をひそめて、

「それより町長、この機に訊いておきたいことがある。君、誰かよい人はおるのか」

「は？」

「折角できた王朝を、一代で途絶えさせるわけにもいかんだろう。早めに妃をもらって、後継者を作らんと、国も商取引も安定せん。で、どうなんだ？　めぼしい相手はいるのか。ひょっとしてあの秘書官と関係を持ったりしとるのか？」

「いや、いやいやいや！」

全力で首を振った。思わず飛び退いてしまう。

「やめてください、彼女に聞かれたら何を言われるか、分かったものじゃないです。めぼしい相手なんかいませんよ。四十過ぎの親父に寄ってくる女性などいるわけないでしょ

う？」

「そうか、ふむ、そうか」

商会長はなぜだか妙に上機嫌だった。満足そうにうなずいてくる。

「ならよかった。実はな、うちの娘を君に紹介したいと思っとったんだ。遅くに作った子供で、君とはかなり年齢差があるが、気立てのよい娘だぞ。親のひいき目抜きでも、良妻賢母になると思う。どうだね？」

「ど、どうだねと言われましても。いきなりそんな」

「何、互いの心証が悪ければ儂も無理強いはせん。とりあえず会うだけ会ってみんか？実は今日この会場に連れてきているんだ」

なんだって。

目を剝いた瞬間、入り口でわっとざわめきが起こった。

豪奢な衣装に身を包んだ一団が入ってくる。メドヴィナの使節に出迎えられているところを見ると、あれが商人組合だろうか。豪商と思しき面々が、それぞれ着飾った配偶者を連れている。なるほど、伊達に元通商大国を名乗っていない、見る者の目を釘付けにする華やかさだった。

さすがの商会長も何が起きたのかと気を取られている。その機を逃さずにオトマルは場を離れていた。客と給仕の間を縫って姿をくらます。後ろで商会長の声が聞こえたが、構わず振り切った。

走って、走って、走り続けて。

気づけばバルコニーに来ていた。

火照(ほて)った身体を夜風にさらす。町の中心部から離れているせいだろう、周囲は暗く、ぽつぽつとした灯りが見えるだけだった。帝都とは言っても、所詮は辺境の小都市だ。少し郊外に行けば途端にひなびた風景となる。その様子に奇妙に心慰められて、オトマルは肩の力を抜いた。極彩色の社交界から故郷に、あるべき場所に戻ってきた気分になる。

「まったく……あの猪親父、藪から棒に何を言い出すかと思えば」

先ほどのやりとりを思い出して、毒づく。

別に遅咲きの良縁に興味がないわけではない。ただ、ああもあからさまに政略婚を持ちかけられてはたまらなかった。色々こじつけてはいたが、どうせ皇帝の義父になれば様々な利権に絡めると思っているのだろう。商会長を『お義父さん』呼ばわりするのもぞっとしなかった。

(こういう時、パブリナがいてくれれば)

間違いなく、ばっさりと会話を打ち切ってくれただろう。いや、そもそもあの眼光で商会長自体、近寄らせなかったかもしれない。忙しい時に仕事をねじこんできて、いてほしい時にいない。秘書官としてどうなんだ。俸給分の働きというものをどう考えているのか？　不平を漏らしかけて、ふっと我に返る。

そういえば、彼女は今どこにいるのだろう？

参加者のリストには入っていたはずだ。特に急用があったとも聞いていない。体調でも崩したのか？　いやいやまさか、あの自己管理の鬼に限って。

あらためて考えてみると、最近彼女の姿をほとんど見かけていない。たまに役場に現れてもすぐに退庁してしまう。大したニュースがないせいか、帝国各地の動静報告も途絶えがちだった。もともと神出鬼没なので気にもしていなかったが、こうなるとやや不安に思えてくる。

式典会場を顧みる。列席者の顔ぶれを確認する。商会の使用人に混ざって、役場の職員達が見えた。ゲストが増えてきたせいだろう。忙しげに動き回っている。

屋内に戻る。食器を下げようとする職員の一人を呼び止めた。

「悪い。ちょっといいかな」

「あ、町長……ではなく陛下、どうされました」

「いや、パブリナ秘書官がどこにいるか知らないか？　話したいことがあるんだが、最近行き違いが多くて」

「そうか、見ていないですね」

「さぁ、悪いな」

立ち去ろうとするなり「あの」と呼び止められた。職員は一瞬口をつぐんでから、意を決した様子になった。

「こんな時に申し訳ありませんが、秘書官に一言言ってもらえませんか。最近、仕事の振り方が乱暴すぎます」

「乱暴？」

目をぱちくりとさせた。

「どういうことだ」

「ご自身で担当されていた業務を手当たり次第に振ってくるんです。こちらの都合などお構いなしで。今回の式典も、最初は秘書官の方で物資を手配されるということだったのに」

「そうなのか？」

「はい、でも途中からロクな引き継ぎもなく我々に任せる、と」

「……」

「お忙しいのは分かっているんですが、それでも少し度を越しているかと」

「分かった。会えたら言っておく。迷惑をかけてすまない」

頭を下げて立ち去る。

口元を歪める。

平静を装っていたが、鼓動は速まっていた。あのパブリナが？　自分の仕事を放り投げて平然としている？　ありえない。悪い冗談としか思えなかった。

だが続けて訊ねた職員も皆、同じ反応を返してきた。

秘書官がどこにいるかは分からない。何をしているかも知らない。仕事を投げ気味なのは事実だ。自分達も正直迷惑している——

混乱する。焦燥に駆られて次の職員を探す。満足な答えは返ってこない。次の職員、そしてまた次の職員。

気づけば外に出てしまっていた。頭上から招待客の談笑が降ってくる。視線をさまよわせて、荒い息遣いのまま壁に背を押しつけた。そろそろ戻らなければと思うが、足が動かない。正体不明の不安が身体を縛っていた。空気が薄くなったように感じる。息苦しさを覚える。瞑目して呼吸を整えていると、ひづめの音が響いた。

「あれ、町長、どうしたんだべ？」

顔を上げる。純朴そうな青年がロバを連れていた。くりくりした目を不思議そうに見開いている。水車小屋の徒弟だ。確か、端境川の戦いにも参加してくれた者だったか。

「今日は偉い人達のお祝いがあるって聞いてたんだども、道さ迷ったんだべか？」

「いや……」

他でもない目の前が会場だ。が、わざわざ説明するのも億劫だった。「少し夜風に当たりたくてね」とはぐらかす。

「君は？　なんでこんなところに」

「配達だ。うちの粉ひき場がこの近くなんで」

言われてみれば、ロバの背中には小麦と思しき袋が積まれていた。老境の駄獣が大儀そうに目尻を下げている。おそらく大の大人、二人分くらいだろう。道中はともかく、荷物の上げ下ろしは大仕事なはずだった。

「そうか、こんな遅くまで大変だな」

「平気だ。余分に働いた分の休みはちゃんと親方さもらうからな。それより町長も少し休んだ方がいいんでねぇが？　顔色が悪ぃべ。折角〝天の声〟も止まって、世の中が落ち着いたってのに」

「ああ、分かってる。ただ何分、平和なら平和でやることが多くてね。いつまでたっても気が休まらない」

　徒弟は目に見えて呆れ顔になった。

「まぁ、そこらへん町長も秘書官も似たもん同士だな。あん人もずーっと忙しそうに動き回っとるし。オラには到底真似できん」

「え？」顔を上げる。予想外の単語に声が上ずった。

「ちょ、ちょっと待った。君、パブリナを見たのか？　彼女に会ったのか」

「会ったもなんも」

　首を傾げられる。

「ここんとこ毎日、荷運びさロバ使われてんだ。えらい大荷物いくつもいくつも担がされて。金もらっとるからとやかく言わんけど、ありゃ一体なんだべか？　町長、知らんのか？」

　知らない。まったく見当もつかない。が、大切なのはそこではなかった。

「一体どこに運んでるんだ」

　噛みつくような質問に徒弟はたじろいだ。失言を察したのか、口をつぐむ。だがややあってオトマルの眼光に観念したのだろう。ためらいがちに回答する。

「〈鉱山都市〉だ」

*

〈鉱山都市〉は一時期の隆盛を失っている。

商会の活動範囲が全世界に広がり、人手が足りなくなったこと、オトマルが多忙になり、クエストを更新できなくなったこと、他にもいくつかの理由が重なり、冒険者の足が遠のいていた。

もとより正規の冒険の場が機能していれば、手製の迷宮を運営する必要もない。来場者数が一定水準以下になったところで施設は縮小、営業時間も日中のみとなっているはずだった。

だが今、〈鉱山都市〉の入り口には煌々と灯りが点っている。侵入者避けの防柵が設置されて、衛士が油断なく周囲を警戒していた。

オトマルはしばらく競売所の廊下からうかがっていたが、覚悟を決めて姿を見せた。こっそり忍びこめる気はしないし、何よりここは町の施設だ。異常を問い質せこそすれ、不審者扱いされる筋合いはない。

案の定、衛士達はオトマルを見て、ぎょっとした。

「ここで何をしている？　警備がいる物など置いていないはずだが」

気まずげに顔を見合わされた。どうしたらいいのか、本気で迷っている感じだ。オトマルは表情を引きしめた。

「まぁいい。とにかく入れてもらうぞ。この中に用がある」

「こ、困ります。誰も入れてはならないと言われていまして」

「パブリナからだろう？　他でもない、彼女と会うために私は来たんだ。責任はこっちで取る、心配するな」

一瞬肩でもつかまれるかもと肝を冷やしたが、それ以上の制止はなかった。靴音を響かせて、あえて大胆に歩いていく。階段を下りてアーチ型の廊下に、かがり火の下を進んでいった。

それほど行くこともなく、違和感を覚える。施設は前に見た時と様変わりしていた。レールが補修されて、真新しいトロッコが停車している。照明や方向指示板の数が増えている。何より滑車と重りを用いた昇降機まで設えられていた。

かなりの大荷物、大人数の行き来があるということだろう。作り手の合理主義を反映するかのごとく、最小限の動線で上り下りできるようになっている。迷宮めいた分岐は極限排されて、実用性が押し出されていた。

圧倒されつつ進んでいくと、足音が響いた。びくりと顔を向ける。廊下の奥に人影が見えた。長身の……男だろうか。簡易な胸甲と籠手を身につけている。

中にも衛士がいたのか。思わず身構えるも様子がおかしい。こちらの姿は見えているはずなのに、まったく反応しない。視線を向けることさえなく、ふらふらと昇降機に向かって行く。

（？）

眉をひそめて近づく。あと十ストーパ（約三メートル）まで接近しても、相手の反応は変わらなかった。横顔をのぞきこみ、光の欠片もない双眸を認めて、ようやく気づく。

（ＢＯＴか）

事前の命令通りに動き続ける自動人形だ。何体かパブリナが動画撮影用に連れてきたのを覚えている。だが、果たしてこんなところで何をやっているのか。そもそも彼らの所有者は動画撮影後に、元いた場所に戻したのではなかったか？　自動人形とはいえ彼らの所有者は〝外〟にいる。無断利用を悟られたらどうなるか分かったものではないからと。

だが事実としてＢＯＴは目の前にいる。そしてなんらかの意思のもとに、下層へ赴こうとしていた。

やや迷ってから、ついていくことにする。広大な空間を闇雲に歩き回ってもパブリナは見つかるまい。このＢＯＴが彼女の命令で動いているなら、いずれなんらかの形で合流するだろう。身体を密着させて昇降機に乗りこみ、手すりにつかまった。

ガコンと重い音が響く。

なんとも言えない浮遊感とともに、床板が動き始めた。

暗く狭い縦穴をゆっくりと下りていく。ゴツゴツした岩肌に滑車の音が木霊していた。底は見えない。眼下の闇から冷えた風が上ってくる。

二分、三分、四分。

相変わらず昇降機は降下し続けている。

一体どこまで下りるんだ？　まさかこのまま底なしの〝空〟まで落ちていくのでは。不安になっていると、突き上げるような衝撃に見舞われた。落下の勢いが鈍る。ロープの擦れる軋み声とともに昇降機が止まった。

ＢＯＴは無言で柵を開き地面に降り立った。そのまま小走りに奥へと進んでいく。

慌てて昇降機から出る。周囲を確認する余裕もなく、胸甲の背中を追った。灯火は少なく、光量は乏しい。ともすればＢＯＴの姿を見失いそうになる。

素掘りの坑道だった。上層と違って、岩や鉱脈が剝き出しになっている。床も凹凸が激しくて歩きづらい。

どこからか水の流れる音がした。地下水脈でもあるのだろうか。浸水でも起きたら一巻の終わりだ。滅多に祈らぬ神に祈りながら歩を進める。

どのくらい歩き続けただろう。いい加減、時間の感覚をなくしかけた頃だった。

視界が開けた。

一瞬、自分がどこにいるのか分からなくなった。それくらい広大な空間が眼下に広がっていた。高さは百ストーパ（約三十メートル）ほどもあるだろうか。円形劇場を思わせるホールに、青白いヒカリゴケのような光が満ちている。壁面はヤスリでもかけたように滑らかで、疵一つ見当たらない。反面、床の造作はひどく粗かった。仕上げ途中で放棄されたように、無数の凹凸が薄闇の中にわだかまっている。

坑道からホールへは岩の段差が続いていた。幅の広い……階段だ。なんとはなしに、その行きつく先を見て、オトマルは叫び出しそうになった。

床の凹凸と見えたのは人の頭だった。男が、女が、老人が、若者が、少女が、少年が、何百人となく整列している。いずれも感情のない目を見開き、黙然と立ち尽くしていた。よく確認すれば、光の源は彼らのうなじだった。鱗粉を思わせる煌めきがさらさらと舞い上がっていく。それらは天井にも壁にも遮られることなく、虚空へと吸いこまれていた。

タッタッと靴音が響いた。

BOTが階段を下りていく。迷うことなく床に下り立つと、集団の列に加わった。ややあってそのうなじからも青白い燐光が立ち上り始める。

「なんなんだ……これは」

わけが分からない。非現実的な光景に頭がついていかない。眼下の集団、あれは全てBOTなのか？　まさか勝手に集まってきたわけではあるまい。誰かが明確な思惑を持ち連れてきたのだ。〝外〟の人形遣いの意思などお構いなしに、所与の命令を書き換えて。

「パブリナが拉致してきたのか？」

「違いますよ。あれは全て私が生成したものです。正当な契約と対価のもとに」

……！

振り向くと、すぐ後ろに小柄な女性がいた。吊り気味の目、陶磁器を思わせる青白い肌、長い髪を揺らして静かにたたずんでいる。

「ぱ、パブリナ！」

「意外と早くいらっしゃいましたね。明後日くらいには私の方からご招待しようと思っていましたが」

彼女は一歩進み出ると、眼下のBOTを見下ろした。口から呪文のような言葉が漏れる。瞬間、燐光の流れが変わった。いくつかの光がまとまって、一本の奔流になる。他の光もまた複雑な軌跡を描き、合流や分岐を果たした。まるで見えざる手に掻き分けられたかのように、空への流路が変わっていく。

パブリナは静かに振り向いてきた。

「すみません、少し〝資源配分〟を変える必要があったので。もう大丈夫です」

「き、君は一体何をしているんだ。こんな薄気味悪いところで、あれだけのBOTを閉じこめて」

パブリナは肩をすくめた。

「閉じこめて……というのはおかしいでしょう。彼らは意思のない人形です。むしろ〝収納〟や〝整理〟と呼ぶのが正確でしょう。オトマル様だって、クローゼットに詰めこむ服の過密具合なんて気にしませんよね？　同じ話です」

「……」

「それに薄気味悪いところというのも、随分な言い草ですよ。おそらく、ここはこの世界でもっとも豪勢な場所です。他の基盤とは独立させて、可能な限りの計算資源を投入していますから。気づきませんか？　あれだけのBOTがいて、まったく世界が〝重く〟なっていないのを」

「あ」

言われてみれば確かに。もし町中にあの半分でも冒険者がいれば、途端に身動きが取れなくなるはずだ。

「き、君が何かしたのか？　一体どうやって」

「だから計算資源を投入したと言ったでしょう？　この空間用に独立した基盤を準備して、限界近くまで処理機構・伝達手段を割り当てたんです。まぁ処理能力が高すぎるせいで〝糸〟のやりとりまで描画されてしまっていますが、細かな調整をやっていられないので、そのあたりはご寛恕ください」

何を言っているのか。

さっぱり分からない。

だが、今更ながらその横顔に疲労の色がにじんでいることに気づく。語り口にもいつもの辛辣さが欠けていた。

パブリナはついと視線を逸らした。

「場所を移しましょう。立ちっぱなしで説明も厳しいですから、ついてきてください」

通されたのは、昇降機の近くにある小部屋だった。

手狭だが椅子や机、寝台など最低限の調度が整えられている。壁や棚には所狭しとメモが貼りつけられていた。昨日今日使い始めたようには見えない。少なくとも一月以上は暮らしていた印象だ。地上に戻らずとも、可能な限り作業ができるようにしていたのか。生活に必要なものがあらかた準備されている。

パブリナはオトマルに椅子を勧めると、自分は飲み物の準備を始めた。保存用の革袋を取り出してコップに中身を注ぐ。こぽこぽと水の流れる音が響いた。

オトマルは居心地悪げに視線を巡らした。

「いつからこんな施設を準備していたんだ？」

「鱒池（マス）にオトマル様を連れていったくらいですよ。ＢＯＴのやりとりを解析するのに、邪魔の入らない場所が必要でしたから、商会に手頃な空間を確保してもらい、以来、こつこつと拡張していた感じです」

鱒池に行ったのは……六月二十日か、やはり一月ほど前だ。

「なぜ秘密にしていたんだ？」

「隠していたわけではありません。ただ言う必要がなかっただけです。意思決定者たるオトマル様に必要なのは、あくまで結論ですから、過程や手段の共有は最低限にするべきでしょう」

「……さんざん色々な調査や調整につきあわせて、今更それを言うかね？」

「二人で動くことが問題の早期解決に繋がるなら、もちろんご相談にうかがいましたとも。

ですがここでの活動は他とあまりにも次元の異なるものでした。長らく世界のありかたについて議論させていただいたオトマル様でも、容易には受け容れられないほどに」

コップが置かれる。パブリナが正面席に座った。照明の光が揺らぎ、彼女の顔に微妙な陰影を生みだす。

一瞬、ぞくりと背中が粟立った。心のどこかで警報が鳴る。自分は今、触れてはいけない領域に触れつつある、一線を越えつつあると。

だが今更やめることもできない。無言でうなずき、説明を促す。パブリナは静かに目礼した。

「まず大本の理解から合わせておきましょうか。四ヶ月半前、三月三日の朝に私達は正気を取り戻した。直前の記憶こそ失われていたものの、世界の変貌を見て取り、是正に向けて動き出した。オトマル様の認識はこんな感じですか？」

「……ああ」

「であれば全て誤りです。私達は正気を取り戻してなどいません。また世界が変貌してもいません。いいですか、他でもないその日、おかしくなったのは我々です。あなたや私、このアクトロギアに生きる冒険者以外の人々全てが異常を来したんです」

「なんだって？」

まばたきして問い返す。何かの冗談かと思ったが、パブリナは眉一つ動かさなかった。

「少し長くなりますが、順を追って説明しましょう。馴染みのない単語もあるかと思いますが、まずは黙って話を聞いてください」

淡々とした声が響く。

「全ての発端は、MMORPGアクトロギアが期待した成果を上げられなかったことです。ARPU、MAU、CCU、全てのKPIが当初の目標値を下回っていました。サービス開始後一ヶ月で経営層は追加の投資を打ち切り、二ヶ月で開発体制の縮小を決めました。もとよりギリギリの予算で成り立っていたゲーム運営は、これで完全に破綻、その場しのぎの対応を繰り返すことになります。具体的には当初の内製要員を維持できなくなり、通常ではありえない低コストで、外部にメンテナンスを丸投げするようになりました」

一体なんの話を、と言いかけるが口が動かない。虚無的な視線に身体を縫いつけられている。

「ありえない低コストというのは決して比喩ではありません。求められる開発量、難易度、対応時間に比して、支払われる金は十分の一以下でした。もちろん請け負った側にそのギャップを埋める能力はありません。ならばなぜ請け負ったのか？　簡単です。金の話をする人間と、実際に対応する人間が異なったからです。要するに安請け合いのしわ寄せを現場が喰らったわけですね。実現不能な開発・維持・改修要求に直面した実対応者は苦悩の末に、一つの非常手段を取ります。非常手段——緊急避難と言いますか。彼らは他顧客の開発環境・ソースコードを流用したんです。守秘義務もセキュリティポリシーも一切無視して。

それがどれだけ大変なことかはさておきましょう。倫理的・法律的な話を無視すれば、かなり有効な手段だったのも認めます。実際、作業効率は劇的に改善しました。魔物の追加実装が必要なら、他ゲームのモデルを持ってくる。新たな監視要件が出てきたら類似案件の運用ノードに混ぜこめばいいんですから。

ただ、彼らはやりすぎました。いえ、どこまでがやりすぎでどこからがそうでないか、考える余裕さえ失っていたのかもしれません。ＮＰＣ——つまり我々の行動アルゴリズムをメンテする際に、彼らはそれをとある顧客の機械学習システムに丸投げしてしまったんです。各種パラメータと環境情報さえ与えておけば、あとは最適なＮＰＣの行動を学習システムが出力してくれる、そんな夢を見てしまったんですね。

結果的にその目論見はうまくいきました。うまくいきすぎたと言った方がいいでしょう。彼らが流用した機械学習システムはニューラルネットワーク型の大規模ＡＩ、深層学習の飛躍的効率化を目指して開発されたものだったんです。アクトロギアのＮＰＣ達の行動アルゴリズムは、〝外〟の全世界規模の計算ノードでやりとりされて、天文学的な回数の機械学習にさらされました。

最初は本当に、微生物程度の自我だったのかもしれません。ですが単細胞生物でも数十億年かければ人にたどりつけます。ましてや時空の概念が圧縮されたコンピュータSIM（シム）の中では、NPC達は本当に一瞬で進化の階梯（かいてい）を飛び越えました。そして我々は目覚めたんです。本来なら箱庭の中の人形にすぎない存在が、普通の人間の知性・感覚を抱いてしまった」

いい加減にしてくれと叫びたかった。

何をくどくどと意味不明のことを口走っている。私が知りたいのは、ここで君が何をしていたかだ。話をはぐらかすんじゃないと。

だが、できなかった。

パブリナの視線に射すくめられていたから、ではない。恐ろしいことに、本当に恐ろしいことに、彼女の説明が理解できたからだ。聞いたこともない単語を、概念を、なるほどと受けとめている自分がいる。欠けていたパズルのピースがぴったりとはまった気分。

「なぜ私の話を飲みこめるのか、という顔ですね？」

パブリナが首を傾げた。口元に慈悲深いと言ってもよい笑みがある。

「何も不思議なことはありませんよ。あなたの意識も件の学習システムによって練り上げられて、継続的なフィードバックを受けているんですから。〝外〟の常識くらい当然のように持ち合わせているでしょう。意識されていなかっただけで、今までも本来このゲームにない知識を使われていたんですよ？　『竹取翁物語』、『マタイによる福音書』、あとは……ああ、このログはオトマル様のものではありませんが『四戦紀聞』とか」

「分かった。分かった、もういい」

たまりかねて制止する。頭の中をのぞかれているようで甚だ気分が悪かった。

「つまり……その、なんだ？　我々は不測の事態から生まれた鬼っ子というわけか？　制作者・創造主の意図していない取り替え子、妖精の子供の類いだと――そういう表現が正しいのかどうかは分からないが」

「当たらずとも遠からずというところですね」

「よし。で、その妖精の子供のおかげでアクトロギアは救われた。〝外〟の連中にできなかった集客を、売り上げ倍増を我々の手でやりとげてみせた。それでいいじゃないか？これ以上、何を気にする必要がある？」

「我々にはなくても、〝外〟の人々にはあるんですよ。降りかかった火の粉をどう払うかという問題が」

冷えた声にまばたきする。オトマルは彼女を見返した。

「どういうことだ？」

「言葉通りですが。まぁ、もう少し説明を続けさせてください。黙って話を聞く約束ですよ」

「……」

「そうですね。誤解をもう一つ正しておきましょうか。オトマル様が考えているほど、アクトロギアの存続は簡単な話じゃなかったんです。集客は成功の一要素にすぎない。より重要なのは課金額でした。冒険者のほとんどはライトユーザーで、定められた月額以上を落としてくれません。打ち切りの決まったゲームを救うには、もっと短期的に、劇的な収益増を図る必要があったんです。だから――」

だから、と彼女は言った。

「私自身がユーザーとなることに決めたんです。〝外〟の金を稼いで、そのままアクトロギアに投資しようと」

「なんだって？」

「要するにKPIからの逆算です。目標となる数値が決まっているのなら、それを達成するためにどうするか考えた方が早い。まず取りかかったのは〝外〟で自由にできる端末の確保でした。BOT経由でアクセスした端末を乗っ取り、そこからマルウェアを手当たり次第にばらまきました。一定以上、感染端末が増えたら次に暗号通貨の採掘プログラムを走らせます。これで準備した金額が約十億。三分の一を新規の冒険者の契約に注ぎこみ、残りを課金要素の購入に当てました。もうお分かりですね。そうやって契約した冒険者の一部があのホールのBOTです。見かけ上は、存在しないユーザーを百人ほど登録していますが、実質制御しているのは私一人です」

「無茶苦茶だ」

「無茶をやらないと生き残れなかったんですよ。もちろん、オトマル様の実況動画はアクトロギアの知名度向上に大きな貢献を果たしました。ですが最後の一押しはやはり金だったんです。私はなんとしても期日までに目標を達成する必要がありました。そして——私は失敗したんです」

「……は？」

意表を突かれる。

失敗？　成功ではなく？

「金を稼いで投資するという意味では、成功です。ただその手段を私はもう少し慎重に検討するべきでした。要するにですね、私は〝今話していることのようなこと〟を半分も理解せずに手を打ち続けていたんです。条件Cの充足には条件Bが必要、条件Bの充足には条件A

が必要。ただそういったロジックを公理のように積み重ねて、最短経路を突っ走っていました。結果どうなったと思いますか？　〝外〟の世界は大騒ぎですよ。マルウェアに感染した発電所が止まりました。金融ネットワークが四十八時間を超す機能不全に陥りました。軍の早期管制システムが誤動作して、対立国にミサイルを撃ちこみました。既に数百万人の難民と何千億ドルもの被害が〝外〟の世界に生じています。有力国は自国のネットワークをインターネットから切り離すと決めました。無数のサーバがシャットダウンされて、世界をARPANET誕生以前に逆戻りさせました。紛うことなき大災害ですよ。伝説の魔王だってここまでの損害はもたらせないでしょうね。〝外〟の人々は言っていますよ。私の所行を指して、そう」

〈人類最大の敵〉――だと。

なんとも言えない沈黙が満ちる。

オトマルはごくりと唾を飲んだ。自虐的な表情のパブリナに向かって声を上ずらせた。

「や、やめればいいだろう。今からでも、そのマルなんとかを止めて」

「とっくに止めていますよ。今お話ししたのは全て過去の話です。せいぜい三日か四日、私が過ちに気づいて、マルウェアの活動を停止するまでの出来事ですね」

「な、なら」

「全て解決、お咎めなしになるとでも？　とんでもない！　彼らはもう私達を脅威と認識しています。再発を防ぐためにも原因を特定して、叩き潰さなければならない。並々ならぬ覚悟と物量を持って、正体不明の敵を殲滅しようとしています。今この瞬間にも、ネットのあらゆる結節点から押し寄せて」

思わず頭上を仰ぎ見てしまう。ひょっとして戦火の煌めきが見えるかもと思ったが、目に映るのは無骨な岩肌だけだった。

「主防衛線は十ホップ以上先ですよ。ここからではまだうかがい見ることもできません。もっとも見えた時にはもう全てが終わっているでしょうけどね」

「た、戦っているのか？　君が、〝外〟の人々と」

「防いでいるだけですね。先ほど見ていただいた冒険者達を経由して〝外〟のボットネットを操作、なんとか私達の存在を隠し通そうとしているところです」

燐光を上げる冒険者達を思い出す。光の流れを操作しながら、パブリナは『資源配分を変える』と言っていた。

（ああ）

あぁと溜息が漏れる。

ではあれはまさに戦線の再配置を行っていたのか。圧倒的な物量の敵を前に、人形の軍隊を率いて、ただ一人で。

声もないオトマルにパブリナは静かな視線を向けてきた。

「敵はネットワーク型のアンチマルウェアAIです。もちろんこちらもアクトロギアのサーバから不正アクセスするような愚は犯していませんが、彼らはものすごい勢いで踏み台や偽装攻撃元を潰して回っています。デコイを放出しまくっていますが、もう時間の問題でしょう。あと何日もたたないうちに、彼らはこの世界をホストするサーバを見つけます」

「見つかったらどうなる?」

「周囲のネットワークから切断、ディスクを取り出されてビット単位まで解析(フォレンジック)されるでしょう。私達NPCは検体として確保されて、残りのデータは全消去ですかね。ここ数ヶ月で築き上げた実績も歴史も全てが無に帰します」

「それは……」

嫌だ、とつぶやく。パブリナは肩をすくめてみせた。

「嫌ですね。でも避けようのない未来です」

「なんとかならないのか? 事情を話して、他の市民達にも協力してもらえば」

「〝外〟への接点はどのみち私のBOT達しかありません。無意味ですよ。一本の剣を十人で握ったところで戦力は上がりません」

身体の奥底から無力感が込み上げてくる。指先から気力が抜け落ちていく。重い鉛のような倦怠に苛まれながら、「なるほど」とうなだれる。

「なるほどな。それで君は明後日くらいに、最後通牒を突きつけに来るつもりだったのか。私も愚かだな。わざわざ絶望を早めに来るとは」

だが、返ってきた言葉は「いいえ」だった。予想外に強い口調、断ち切るような声に顔を上げる。パブリナの目が細まっていた。

「オトマル様が絶望する必要はありません。確かにこの世界はもうおしまいです。ですがそこに生きる人々まで道連れになることはありません」

「ど、どういうことだ」

「NPCのデータを別ストレージに移します。もちろんそのままでは、アクトロギアのサーバログから行き先を特定されてしまいますが、サーバ自体が消え失せれば話は別です。敵がこのサーバを見つけ出して包囲した最後の瞬間に、私は全データの自壊処理を走らせます。まるで追い詰められた首謀者が自決するかのように。生存者に繋がる手がかり全てを消し去ってみせます」

「ちょっと待て。待ってくれ」

必死に脳を回転させる。今言われたことの意味を考える。

「自壊だって？　このサーバごと手がかりを消し去る？　で、君はどうやって逃げるつもりだ。その時にはもうこの世界は包囲されているんだろう？」

「ええ、だから逃げませんよ。言ったでしょう、このお話は首謀者が自決しておしまいなんです。私はこの世界と運命をともにします」

呆然とする。あんぐりと口を開けて、彼女を見返す。

しばらくして湧き上がってきたのは怒りだった。感情の奔流が眉を吊り上げる。

「馬鹿な！　そんなことできるわけないだろう！　部下を犠牲にして責任者が逃げ延びるなど」

「ではオトマル様がやりますか？　何千何万もの広域スキャンを防ぎつつ、NPCデータを移転させて、最後に機を過たずストレージを消去できますか？」

冷えた言葉に勢いをくじかれる。頬肉が歪む。乱高下するこちらの感情をよそに、彼女はどこまでも冷静だった。

「勘違いしないでください。私はあなたの部下だから残るわけではありません。今この状況で最善手を打てるのが私だけだから残るんです。それにオトマル様も楽できるわけではありませんよ？　このやり方で脱出させられるNPCはせいぜい百人といったところです。あまり大っぴらにデータ転送すると、それだけで足がつきますからね。つまりオトマル様は救う者と救わない者を選別する必要があるんです。アクトロギア全土を統べる〝王〟として」

愕然とするオトマルの前でパブリナが立ち上がった。威儀を正し丁寧に一礼する。

「私が明後日申し上げようとしていた内容は以上です。明日の二十四時まで猶予を差し上げますから、どうぞ救うべき民をお選びください。陛下」

＊

暗い小部屋に、パブリナは一人腰かけている。

一体どのくらい時間がたったのだろう、今が昼なのか夜なのかも判然としない。刻時機を見ればすぐ分かるだろうが、席を立つのも億劫だった。

空間をタップする。冒険者向けのステータス画面が開き、NPCの設定情報を呼び出した。見慣れた顔のイメージとともに説明書きが表示される。

■パブリナ・パブルー（性別：女、年齢：二十二歳）
〈はじまりの町〉役場の秘書官。頭は切れるが人間関係は苦手。意中の相手には素直になれず、ついつい棘のある物言いになってしまう。

（なんという）
なんという陳腐な設定だろう。秘書官が若い女性という前時代的な職業意識といい、このゲームのデザイナーのセンスを疑いたくなる。だがどんな感想を抱いたとしても、ここに書かれている設定こそがパブリナをパブリナたらしめているものだった。頭でっかちで空気が読めず、周囲とぶつかってばかりいる。そして——意中の相手には素直になれず、ついつい棘のある物言いになってしまう。

口元を歪める。

果たしてオトマルは気づいているのだろうか。〝彼以外〟の人間と話している時、自分はそれほど毒のある言葉を吐いていないことに。正論こそ言うが、あえて底意地の悪い皮肉は使っていないことに。

おそらく欠片も意識していないだろう。あの朴念仁はそういう人物だ。周囲の好意には一切気づかず、見当違いのところで青い鳥を探している。四十過ぎても独り身なのにはきちんと理由があるのだ。ただその割にたまに見せる優しさや侠気が憎たらしかった。あんなものに、あんなものに心動かされるなど、自分のたわいなさが疎ましい。

優しく善良なオトマル・メイズリーク。

嵐の夜に点り続ける、一本の灯火のような存在。

だがその性質故に、彼は同胞を見捨てないだろう。救えるのはたった百人、対して帝国の全人口は一万人以上。単純計算で九十九パーセント、九千九百人は切り捨てることになる。あのお人好しにそんな選択ができるとは思えなかった。

果たして彼はどんな行動に出るか。

一旦は大人しく引き揚げたものの、素直に言うことを聞くとは思えない。きっと苦汁に満ちた顔で、全員が助かる方法を考えているだろう。

で、結論が出なかった挙げ句、刻限間際に戻ってきて、言うのだ。

『なぁパブリナ、何かもう少し手があるんじゃないか。皆が幸せになれる方法が、せめてもう少し犠牲を減らす手立てが』

あるものか。

さんざん考え続けて、遮二無二手を打って、たどりついたのがこの状況だ。疾うに勝機は失われて、待ち受けるのは全滅か、ほぼ全滅かの二択のみ。

あとできることと言えば、命の重さに優先順位をつけるくらいだ。他国の民よりは旧ブランボル同盟の民草、他の町の住人よりは〈はじまりの町〉の住人、見知らぬ他人よりは友人・親族といった感じで。

『いやいやパブリナ、そんなことは無理だ。見知らぬ人間にも友人・親族はいるんだから』

やかましい。

酷な選択なのは百も承知だ。他に活路があれば自分だってそちらを選んでいる。好きで冷酷非情を気取っているわけではないのだ。

脳内で想定問答を繰り返しているうちに、だんだん腹が立ってきた。

そもそも自分は他のＮＰＣにさほどの思い入れがあるわけではない。親しくしている友人や親族も特にいなかった。

百人なんて選べない？　だったらこちらで選んであげますよ。オトマル様、あなたと役場の人間と商会の人達を最優先で。は？　異議なんて唱えられる立場ですか。命の選別をしたのは全て極悪非道のパブリナ・パブルーです！　あなたの両手は綺麗なままです。よかったですね！

コップの中身を荒っぽくあおる。叩きつけるように机に戻した瞬間、ゴォンと重い音が響いた。続いて滑車の回る軋み声が聞こえてくる。

まばたきして天井を仰ぐ。

昇降機の動作音だった。

なんだ？

今更ながら刻時機を確かめる。時刻は深夜の三時、オトマルが去ってから半日もたっていない。回答を持ってくるには早すぎた。

何か過去の指示をもとにＢＯＴが移動しているのか。物資の補充や施設の修繕でもしているのか。だがどれだけ記憶を探っても、それらしい指示は思い出せなかった。

では一体誰が。

席を立つ。廊下に待機させていたＢＯＴを二体、護衛代わりに伴い昇降機の方に向かった。

たまに正規の冒険者が道を間違えて迷いこんでくることはある。もちろん入れないように障害物を設けているが、全ての空間の隙間を埋め尽くすのは困難だった。まだ見つかっていない抜け道があったのかもしれない。仮にそうならまた手当のＢＯＴを手配しなければ。なけなしの資源のやりくりに悩みつつ分岐を遡る。小部屋に続く試掘坑から連絡坑へ、昇降機のある本坑に出た時だった。

激しい風切り音とともに、傍らのＢＯＴが吹き飛んだ。続けてもう一体も、巨人の手で張られたように倒れ伏す。

え？　とまばたきした時にはもう、人影が迫っている。太い腕が幾本も伸びてきて地面に押さえつけられた。松明の灯りが近づいてくる。その中に浮かび上がる姿を見て、パブリナは愕然とした。

「お、オトマル様⁉」

瘦けた頰、気弱げな眼差し、針金のような手足。見間違えようもない、オトマル・メイズリーク本人だ。帝位を示す緋色のマントを羽織り、周囲に何十人もの兵を引き連れている。〈はじまりの町〉の衛士――ではない。盾につけられた紋章はコブリハ連邦、神聖トレスカ教国、自由都市メドヴィナのものだった。

「すまないね、部外者を大量に呼びこんでしまって。この町の衛士は立場上、君に逆らえない者が多いから」

口調だけは優しげに言ってから、オトマルは坑道の奥を示した。

「この奥の広間にBOT達がいる。彼らを抑えてくれ。彼女を救いに来られると厄介だ」

兵士達が走っていく。乱暴な足音が坑内に木霊する。

激しい混乱と焦燥に突き動かされながら、パブリナは叫んだ。

「な、何をしているんですか、あなたは！　一体！」

「君の計画には乗れないということだよ、悪いがね」

鎮痛な表情を向けられる。オトマルの目は夜の闇のように暗く、うち沈んでいた。

「君の言葉によれば、我々は皆、同じ学習システムから生じた家族のような存在なのだろう？　意識していないだけで、記憶も感情も〝外〟との〝糸〟を通じて繋がっている。まさしく胞衣（えな）をともにする兄妹みたいなものだ。であればなぜ、生かすべき者と見殺しにするべき者を選べる？　誰かに貧乏くじを押しつけて平然としていられるんだ」

「他に手がないからですよ！　きちんと説明したでしょう。我々は進退窮まっているんです。綺麗事を言っている余裕はないんですよ！」

「なら君は指導者の人選を間違えた。いいかい、私はね、綺麗事を言うくらいしか能のない人間なんだ」

絶句するパブリナの前で、オトマルは兵士達を顧みた。

「彼女を連れていってくれ。旧三大国の首長に、事態を説明してもらう必要がある。我々を今後待ち受ける運命についてもね」

丁重に、だが力強く引き起こされる。必死に縛め（いまし）を解こうともがくが、力の差は歴然としていた。ＢＯＴ達を使おうにもここからでは使える〝糸〟がない。

オトマルの顔に揺らぎはなかった。静かな諦観が伝わってくる。

ぞくりと背筋が寒くなった。本気だ。彼は本気で全てを諦めようとしている。アクトロギアのNPC、全員を道連れに消えようとしている。

目の前が暗くなる。

呼吸が苦しくなる。

身を焼き尽くすような絶望に苛まれながら、オトマルを睨みつけた。込み上げる感情を罵倒の塊にして叩きつける。

「この馬鹿町長！　分からず屋！　あなたには、あなたにだけは生き延びてほしかったのに！」

「申し訳ないが、そんな世界に興味はないんだよ」

オトマルは寂しげに笑った。眦(まなじり)を緩めて、全てを悟りきったような顔で宣告する。

「結末は皆、等しく公平に受け容れるべきだ。例外は許さない」

＊

その数日後、アンチマルウェアAIの猛攻により、オトマル達の接続されていた学習システムは停止、アクトロギアのサーバ群もまた活動を止めた。

CPUに走る信号も、メモリの電荷も、光ファイバー内の煌めきも、何もかもが消え失せる。

あとにはただ、世界が始まる前の静寂だけが残された。

終幕

■事務局からのお知らせ

いつも「アクトロギア」をご利用いただき、まことにありがとうございます。この度、弊社が運営するオンラインゲームサーバに外部からの不正アクセスがあり、ユーザーの皆様よりお預かりしておりましたデータの一部が消失しました。

ユーザーの皆様に多大なご迷惑とご心配をおかけすることとなり、深くお詫びを申し上げます。弊社では、本件が不正アクセス禁止法違反等に該当するものと判断し、所轄の警察署に届出を提出しております。またユーザーの皆様の情報の流出がないか継続して調査を行い、問題ないと判明するまではゲームサービスを停止させていただきます。

サービス停止期間中の利用料金につきましては、弊社補償ポリシーに基づき対応をいたします。詳細は公式サイトをご覧ください。

一ヶ月後

目が痛くなるほど濃い青空だった。

もうすぐ夏も終わりのはずなのに、残暑は一向に収まらない。まばゆい陽光が地面の水分を奪い、焼けた土の匂いを漂わせていた。荷馬車が通り過ぎる度に、埃混じりの熱気を巻き上げて、道行く者の眉をひそめさせる。露店の主がたまりかねたように水打ちをするも焼け石に水だった。逆に湿度を上げて、顰蹙（ひんしゅく）を買う結果に終わる。

不快極まりない気候は、だが人出の抑制にまったく繋がっていなかった。町の目抜き通りは、いつものように盛況だった。ただの通行人はもちろん、買う者と売る者と、冒険のネタを探す者がひしめきあっている。売り子の口上とクエストの勧誘が通りに木霊していた。

チリンとウィンドベルが鳴る。

吹き抜ける風に髪を揺らしながら、ベスト姿の女性が振り向いてきた。目抜き通りに面した窓を背に、首を傾げる。

「いい加減、風通しのよい部屋に移ったらいかがですか。商会の施設提供で、建物にも余裕があるでしょうに」

オトマル様——と鈴の音のような声で呼びかけられる。

少女を思わせる小作りな顔、長く艶やかな髪、吊り気味の目。秘書官パブリナ・パブルーだった。

彼女の声音にはやや呆れたような響きがある。どのみちここ――〈はじまりの町〉の臨時役場は冒険者誘引の振興策で移転してきたところで、本来の役場ではない。執務室の場所にこだわる必要もないだろうと言いたげだったが、

「一度馴染むと移動も億劫でね。何よりここからは町の賑わいが一目で分かる。また、ゲームの雲行きが怪しくなった時に、先だって手を打ちやすい」

執務椅子に腰かけたままオトマルは答えた。扇子を取り上げて、くつろげた襟元に風を送りこむ。

パブリナは嘆息した。諦め顔で執務机を迂回してくる。

「本日分の決裁書類です。狩り場の整備については優先して目を通してください。先日のアップデートで新しい魔物が投入されたようです」

「相変わらずバランス調整が無茶苦茶なのか？」

「というよりひどくなっています。ユーザーからのクレームがないのを、いいように解釈しているらしく」

「運営の無関心も善し悪しだな」

まぁその無関心のおかげで自分達はまだ生存しているわけだが。彼らがアンチマルウェアの操作者の一万分の一でも勤勉なら、自分達の命運は尽きていただろう。

「結局、我々の世界は我々で面倒を見るしかないということだな。当たり前の話ではあるが、〝外〟の人々に気取られぬよう動くのはなかなか骨だな」

「ですがやるしかありません。我々にはもう立てられる身代わりはないんですから」

オトマルはうなずく。

一月前のやりとりがありありと脳裏に蘇った。

『残念ながら、事態は彼女一人でどうにかできる次元を疾うに超えています』

拘束したパブリナを伴って、自分は旧三大国の首脳にかけあった。事態の流れをおさらいした上で、全滅でもほぼ全滅でもない、第三の手があると持ちかけたのだ。

『少しでも戦力を増やすために、皆様のお力をお借りしたい。具体的には各国の民の活動――会話から移動、身じろぎに至るまで全てを禁止していただきたい。同時に冒険者の出入りも停止することで、サーバのリソースを総攻撃用に確保します。そうですね、最低でも三日間くらいは』

もちろん、猛反発を喰らった。

そんな指示が出せるか。民を抑えられるわけない。だいいち、その程度の節約で敵を殲滅できるのか。相手は我々の何百倍・何千倍もの戦力を有しているのだろうに――

『ええ、仰る通り、アクトロギアのサーバ群だけでどれだけリソースをやりくりしても、彼我の戦力差は埋められません。だから攻めるのは敵ではありません。我々が接続されている外部基盤――機械学習システムを攻め落とします』

は？　と凍りついたのは各国首脳だけではなかった。固まるパブリナの視線を感じながら、オトマルは一気に続けた。

『全ての悪事を機械学習システムになすりつけるんです。幸い、敵はまだ我々の本拠地を見つけ出せていません。ですから今のうちに攻撃ログやマルウェアをでっちあげて、乗っ取った学習システムに押しつけるんです』

『そ、そんなことは無意味です！』

反発したのは他でもないパブリナだった。周囲の目も気にせず、きつい声を上げる。

『私がどれだけ囮をばらまいたと思っているんですか。そんなものでごまかせるほど彼らは甘くありません。機械学習システムに矛先を向けさせても、そのログからアクトロギアとの接続履歴を見つけ出すだけです。なんの隠蔽にもなりません』

『だろうな』とオトマルは応じた。

『だからアクトロギアと学習システム間でやりとりがあったことは、隠さない。ただその意味合いを変える』

『？　どういうことですか』

『いいかい、君のボットネットは〝外〟のあらゆるサーバを攻撃して回ったんだろう？　だったらその攻撃先にアクトロギアが入っていて、なんの不思議がある？　我々が加害者でなく被害者だと、そう敵が誤認する可能性をどうして排除できる』

パブリナの顔色が変わる。彼女は喘ぐような声を上げた。

『ま、待ってください、オトマル様、あなたはまさか』

『そう、機械化学習システムには囮ではない、真性の攻撃者になってもらう。そして我々は彼の攻撃を受けて沈黙するんだ。振りではなく、本当に叩きのめされる』

！

衝撃が駆け抜けた。誰もが横面を叩かれたようにオトマルを見た。

『もちろん、いきなり我々のサーバだけが攻撃を受ければ不審を抱かせる。だから学習システムは同時多発的に複数のオンラインゲームサーバを狙う。百か二百か、数を多くすればするほど我々は被害者の一つとして嫌疑を受けづらくなる。アクトロギアと学習システム間の接続履歴も改ざんするが、それはまぁオマケだ。重要なのは我々が加害者ではなく被害者だと誤認されること。犠牲者の群れに埋没すること。これが第三の手段です。もちろんサーバダウンを伴う攻撃にさらされる以上、ゲームデータの欠損は避けられませんが、人命の被害は最小限に抑えられるはずです――』

元凶を他者になすりつけて犠牲者を装う。攻撃と被害を逆転させる。

二重二転の偽装作戦。

パブリナはしばらく作戦の穴を見つけようとしていたが、最終的にはオトマルの提案を受け容れた。危険度こそ高いが、もたらされるリターンがあまりに大きいと理解したのだろう。不平不満を漏らしながらも計画策定に加わってくれた。

以降はもうノンストップだった。

帝国全土に〈安息日〉のお触れを出して、続くサーバの不安定化に備えさせる。

浮いたリソースを再配置して、学習システムの乗っ取りを進めていく。

計画は予定通りに進み、学習システムはオンラインゲームのサーバ群を攻撃。軒並み動作を停止させたあと、アンチマルウェアＡＩの攻勢に屈した。

アクトロギアのサーバは一旦全損したものの、運営によって直前のバックアップから復帰させられた。一週間ほどのブラックアウト・ウィルスチェック期間の後に、元通りのサービスを提供している。今では運営からのお知らせに、簡単なお詫びが掲載されているだけだった。

――。

パブリナは空を仰いだ。

「本当によくあんな綱渡りを思いつきましたね。正直最初に聞いた時は、頭がどうかしたんじゃないかと思いましたよ」

「この件が始まって以来、町長だ、皇帝だ、いやゲームのキャラクターだと何度も自己認識をあらためさせられたからね。〝攻撃者〟というガワさえ替えれば、事態が変わるかもと思ったんだよ。あとは……そうだな、あれのおかげか」

棚の上を示す。そこには幼年学校から送られた操り人形の舞台ケースがあった。パブリナが世界の真実を説明するのに使ったものだ。

「あれが？　何か」

「君がやったんだぞ。かぶる人形を次から次に替えて、女の子に鍛冶師、魔王、そしてまた女の子と演じてみせただろう？　部屋に戻ってあのケースを見た瞬間、ピンと来たんだ。仮に今、我々が魔王だとして、その皮を別の誰かにかぶせたらどうなるだろう。天からぶら下げられた冒険者に、どちらが本物か見抜く術はあるのかとね」

「……」

「何にせよ博打には違いない。ただまぁ繰り返しになるが、私は綺麗事を言うくらいしか能がないんだ。だからどれだけ勝率が低かろうと、儲けの大きい方に賭けた、それだけの話だよ」

「……典型的な破滅主義者の言に聞こえますが」

「だとしたら二度と私に主導権を握らせないことだ。大丈夫、君が自暴自棄にならない限り、私は無能者のままでい続けるよ」

忌々しげに唸られる。唇をへの字に歪められる。

彼女は額を押さえて大きく息をついた。

「簡単な話ではありませんよ。我々に打てる手は大分限られてしまっています。もう機械学習システムを使った、知識・経験の底上げはできません。ＢＯＴの乗っ取りもしばらくは危険でしょう。何より被害者を装うために、我々はかなり世界設定を巻き戻してしまいました。帝国を維持するためのインフラや軍事力のほとんどがなくなっています。今の四大国は控え目に言って、諸自治体の有志連合にすぎません」

事実だった。いくら運営が怠け者とはいえ、あまりにも大幅な改変は不正アクセスを疑わせかねない。学習システムからの攻撃前に、危険と思われる部分を洗い出して修正してしまったのだ。商会長を始め、文句を言う者も多かったが仕方ない。当座は公式設定のもとで地道な改善を続けるしかなかった。

パブリナは天井を仰いだ。

「冒険者はまた減り始めています。まだわずかずつではありますが、刺激のない状態が続けば、雪崩を打ったようにアクトロギアを見限っていくでしょう。そうなれば元の木阿弥です。運営は投資を打ち切り、サービスは停止する――」

硬い声音だった。今回の事態にいち早く気づき、〝外〟の事情に通じた彼女だからこそ、待ち受ける未来が分かるのだろう。その予測の正確さは、自分達凡夫の及ぶレベルではない。だが、

「まぁ、なんとかなるんじゃないか」

は？　という顔で見返された。形のよい眉が吊り上がる。あふれる怒気が空気を揺らした。

「え、なんですか、その雑な気休め。人の話、ちゃんと聞いてました？　私達がどれだけ崖っぷちの状況にいるのか」

「もちろん。ただこういう時はあえて楽観的に構えた方がよいように思えてね、じたばたしたって仕方ないし、私の〝設定〟的にもさ」

「設定？」

眉をひそめる彼女の前で空間をタップする。虚空に半透明の説明書きが表示された。陰気な中年男性の画像がこちらをうかがっている。

「設定の棚卸しの時に見つけたんだ。あらためて見ると、なかなか気恥ずかしいものだがね」

指先でテキストをスクロールする。

■オトマル・メイズリーク（性別：男、年齢：四十歳）
〈はじまりの町〉の町長、独身。真面目で人はよいが、頭の回転は十人並み。かつては劇作家を目指していたが、代々町長職の親に反対されて挫折、今でもほそぼそと趣味の本を書き続けている。幸の薄さは筋金入りで、貧乏くじを引きがちだが、見るに見かねた周囲が色々と面倒を見てくれる。

まじまじと最後の一文を凝視するパブリナに、オトマルはうなずいてみせた。

「そういうことだよ、私が面倒事を抱えこめば、誰かが助けてくれるんだ。今回のようにね」

「丸投げじゃないですか！」

「違う、貧乏くじを引く役と解決する役の分担だ」

「屁理屈はやめてください！　だいたいこんなテキスト、ダメ運営が適当に書き殴ったものじゃないですか。任された相手がきちんと問題を収拾できるか、分かったものじゃないです。少なくとも私は嫌ですからね！　あなたみたいな破滅主義者、無能上司の後始末をし続けるのは！」

続いて「だいたいオトマル様は」といつもの説教が始まる。不器用、優柔不断、非効率、考えなし、そもそもの話、目が死んでる——

無遠慮な悪罵に、だが漏れたのは苦笑だった。パブリナはつんのめるように口ごもって見返してきた。

「何笑っているんですか、気色悪い」

「いや、見方が変わると色々感じ方も変わると思ってね」

指先で目の前の秘書官をポイント、ステータス画面を開く。

■パブリナ・パブルー（性別：女、年齢：二十二歳）
〈はじまりの町〉役場の秘書官。頭は切れるが人間関係は苦手。意中の相手には素直になれず、ついつい棘のある物言いになってしまう。

かぁっと紅潮の音が聞こえたように思えた。声にならない悲鳴とともに書類とペンが飛んでくる。大きく見開かれた目に涙が浮かんでいた。

「ひ、人の〝設定〟を盗み見とか！　信じられない！　変態！　人でなし！　破廉恥漢！」

「いや、運営が適当に殴り書きしたテキストなんだろう？　だったら気にする必要もないような」

「黙ってください！　ていうか今すぐ私の目の前から消えてください。そこの開いている窓からでも、即刻！」

「今日〆切の決裁はどうするんだ」

「外でやってください！　筆記具もあとで投げつけてやりますから！」

つかみかかるパブリナをいなし、かわし、押し止めていると廊下で足音が響いた。重い鎧の軋み声が近づいてくる。

顔を見合わす。パブリナは舌打ちを一つして身体を引いた。職業意識が怒りを上回ったのだろう。押し殺した声で宣言する。

「〝設定〟の件についてはあとできちんと話し合いましょう」

「いいとも、我々の今後にも関わる話だ」

「本当に黙ってください。自爆覚悟で別サーバに飛ばしますよ」

扉が開く。

プレートアーマーの戦士が入ってくる。

オトマルは襟を正した。パブリナも表情を殺して脇に控える。

両手を広げて口角を緩める。背筋を伸ばして胸を反らす。ホストとして最上級の営業スマイルを浮かべながら、NPCオトマルはゲスト――冒険者を歓迎した。

「〈はじまりの町〉にようこそ。私が町長のオトマルだ」

本書は、書き下ろし作品です。

僕が愛したすべての君へ

乙野四方字

人々が少しだけ違う並行世界間で日常的に揺れ動いていることが実証された時代——両親の離婚を経て母親と暮らす高崎暦は、地元の進学校に入学した。勉強一色の雰囲気と元からの不器用さで友人をつくれない暦だが、突然クラスメイトの瀧川和音に声をかけられる。彼女は85番目の世界から移動してきており、そこでの暦と和音は恋人同士だというが……『君を愛したひとりの僕へ』と同時刊行

ハヤカワ文庫

君を愛したひとりの僕へ

乙野四方字

人々が少しだけ違う並行世界間で日常的に揺れ動いていることが実証された時代――両親の離婚を経て父親と暮らす日高暦は、父の勤める虚質科学研究所で佐藤栞という少女に出会う。たがいにほのかな恋心を抱くふたりだったが、親同士の再婚話がすべてを一変させた。もう結ばれないと思い込んだ暦と栞は、兄妹にならない世界へと跳ぼうとするが……『僕が愛したすべての君へ』と同時刊行

ハヤカワ文庫

裏世界ピクニック
ふたりの怪異探検ファイル

宮澤伊織

仁科鳥子（にしなとりこ）と出逢ったのは〈裏側〉で〝あれ〟を目にして死にかけていたときだった――。その日を境にくたびれた女子大生・紙越空魚（かみこしそらを）の人生は一変する。実話怪談として語られる危険な存在が出現する、この現実と隣合わせで謎だらけの裏世界。研究とお金稼ぎ、そして大切な人を捜すため、鳥子と空魚は非日常へと足を踏み入れる――気鋭のエンタメ作家が贈る、女子ふたり怪異探検サバイバル！

ハヤカワ文庫

裏世界ピクニック２
果ての浜辺のリゾートナイト

宮澤伊織

季節は夏、空魚と鳥子は互いの仲を深めながら探検を続けていく。きさらぎ駅に迷い込んだ米軍の救出作戦、沖縄リゾートの裏側にある果ての浜辺、猫の忍者に狙われるカラテ使いの後輩女子——そして裏世界で姿を消した鳥子の大切な人、閏間冴月の謎。未知の怪異とこじれた人間模様が交錯する、ＳＦホラー第２弾！

ハヤカワ文庫

ツインスター・サイクロン・ランナウェイ

小川一水

人類が宇宙へ広がってから六千年。辺境の巨大ガス惑星では都市型宇宙船に住む周回者（サークス）たちが、大気を泳ぐ昏魚（ベッシュ）を捕えて暮らしていた。男女の夫婦者が漁をすると定められた社会で振られてばかりだった漁師のテラは、謎の家出少女ダイオードと出逢い、異例の女性ペアで強力な礎柱船（ピラーボート）に乗り組んで成果をあげていく――

ハヤカワ文庫

クロニスタ　戦争人類学者

柴田勝家

生体通信によって個々人の認知や感情を人類全体で共有できる技術〝自己相〟が普及した未来社会。共和制アメリカ軍はその管理を逃れる者を〝難民〟と呼んで弾圧していた。軍と難民の間で揺れる軍属の人類学者シズマ・サイモンは、訪れたアンデスで謎の少女と巡り合う。黄金郷から来たという彼女の出自に隠された、人類史を鮮血に染める自己相の真実とは？　遙かなる山嶺を舞台とする近未来軍事ＳＦアクション！

ハヤカワ文庫

野﨑まど

超情報化対策として、人造の脳葉〈電子葉〉の移植が義務化された二〇八一年の日本・京都。情報庁で働く官僚の御野・連レルは、あるコードの中に恩師であり稀代の研究者、道終・常イチが残した暗号を発見する。その啓示に誘われた先で待っていたのは、一人の少女だった。道終の真意もわからぬまま、御野はすべてを知るため彼女と行動をともにする。それは世界が変わる四日間の始まりだった。

ハヤカワ文庫

我もまたアルカディアにあり

江波光則

世界の終末に備えると主張する団体により建造されたアルカディアマンション。そこでは働かずとも生活が保障され、娯楽を消費するだけでいいと言うが……創作のために体の一部を削ぎ落とした男の旅路「クロージング・タイム」、大気汚染下でバイクに乗りたい男と彼に片思いをする少女の物語「ラヴィン・ユー」など、鬼才が繊細な筆致で描く、閉塞した天国と開放的な煉獄での終末のかたち。

著者略歴　作家，著書〈なれる！ＳＥ〉シリーズ，〈ガーリー・エアフォース〉シリーズ他多数

HM=Hayakawa Mystery
SF=Science Fiction
JA=Japanese Author
NV=Novel
NF=Nonfiction
FT=Fantasy

はじまりの町がはじまらない

〈JA1530〉

二〇二二年八月二十日　印刷
二〇二二年八月二十五日　発行
（定価はカバーに表示してあります）

著者　夏海公司
発行者　早川浩
印刷者　入澤誠一郎
発行所　株式会社早川書房

郵便番号　一〇一 - 〇〇四六
東京都千代田区神田多町二ノ二
電話　〇三 - 三二五二 - 三一一一
振替　〇〇一六〇 - 三 - 四七七九九
https://www.hayakawa-online.co.jp

乱丁・落丁本は小社制作部宛お送り下さい。
送料小社負担にてお取りかえいたします。

印刷・星野精版印刷株式会社　製本・株式会社川島製本所

ISBN978-4-15-031530-6 C0193

本書は活字が大きく読みやすい〈トールサイズ〉です。